황무지에서 자라난
나무

황무지에서 자라난 나무

펴낸날 2022년 10월 7일

지은이 김세진
펴낸이 주계수 | **편집책임** 이슬기 | **꾸민이** 전은정

펴낸곳 밥북 | **출판등록** 제 2014-000085 호
주소 서울시 마포구 양화로 7길 47 상훈빌딩 2층
전화 02-6925-0370 | **팩스** 02-6925-0380
홈페이지 www.bobbook.co.kr | **이메일** bobbook@hanmail.net

© 김세진, 2022.
ISBN 979-11-5858-894-6 (03810)

성경 한 구절에 인생을 걸고 인도와 베트남에서 복음을 전한 김세진 선교사의 미션행전

황무지에서 자라난
나무

김세진

가련하고 가난한 자가 물을 구하되
물이 없어서 갈증으로 그들의 혀가 마를 때에
나 여호와가 그들에게 응답하겠고
나 이스라엘의 하나님이
그들을 버리지 아니할 것이라

(이사야 41:17)

추천사

곽요셉 목사

예수소망교회 담임목사, 에덴낙원선교회 이사장

김세진 선교사의 지난 33년 선교 사역을 담은 이 책은 성령의 인도하심에 순종한 하나님의 일꾼을 통해 이루신 하나님의 역사를 기록했다. 파키스탄을 시작으로 인도에서 이룬 선교의 여정을 살펴보며 열악한 환경과 인간의 연약함 앞에서 하나님을 전적으로 의지할 때 허락해주시는 하나님의 은혜를 고백하게 된다.

작은 부족에서든 큰 도시에서든, 어디서든지 영적인 부흥이 일어나기를 소망하며 하나님의 부르심에 감사함으로 응답한 일에 하나님은 예비하신 선하신 손길로 인도하심을 느끼기를 바란다.

이 책을 읽으며 지난 선교사님의 사역을 그려볼 때 감사한 것은 꾸준히 새로운 교회를 개척하며 복음을 증거 하는 일에 집중했던 일이다. 또 선교 현장에서 부딪히며 체험한 다양한 경험과 선교단체에서의 목회와 행정 사역이 선교의 이론과 실천을 겸비하며 하나님의 나라 확장에 헌신하게 했다고 생각한다. 이 책을 읽으시는 모든 분도 하나님의 선교 역사에 기도로 함께할 수 있기를 바란다.

황무지에서 자라난 나무

추천사

오정현 목사
서울 사랑의교회 담임목사, 오엠코리아 이사장

대부분 선교사의 삶은 가시밭길이다. 아직 오지 않은 최선을 믿음으로 보고하는 선교사는 가시밭길에 꽃길을 불러들이는 믿음의 용장이다.

김세진 선교사가 그러하다. 나를 웃게 하시는 하나님을 바라보며 인생의 위기와 광야 길 한복판에서도 "나는 행복한 사람이로다"는 고백이 끊이질 않는다. 선교의 난관은 어느새 새로운 교회를 개척하는 새길이 되고 사도행전 29장을 인도와 베트남에서 33년 동안 사자처럼 담대하게 써 내려 간다.

선교는 하나님이 하시지 않으면 불가능하다는 저자의 고백은 난관을 새로운 교회 개척으로, 복음의 지경 확장이라는 하나님의 섭리로 나타난다. 저자의 33년 선교 인생이 고스란히 담긴 이 책은 복음과 사명의 궤도를 따라 산 신앙고백이요 삶의 자취이다.

우리는 이 책을 통해 복음이 모든 족속에게 전파되는 미래, '회복을 넘어 부흥케' 하시는 하나님의 큰 그림을 마주하고 다시 꿈꿀 수 있게 될 것이다.

추천사

조은태 목사

오엠한국 대표

김세진 선교사의 지난 33년간 사역을 인도하신 하나님께 감사와 영광을 드린다. 33년간의 사역들을 뒤돌아보며 적은 자서전적 선교 열전을 통하여 선교사님의 순수한 선교 열정과 하나님의 뜻을 이루기 위한 온전한 헌신, 그리고 끝까지 순종하는 삶의 모습은 후배 선교사들에게 큰 귀감이 되리라 믿는다.

사역의 핵심전략으로 성경 중심의 선교정책, 전도와 재생산 그리고 변혁의 선교를 강조하였고, 그 열매를 인도선교의 현장 가운데 보게 된다.

이제 베트남에 이르기까지 그 지경이 넓혀진 사역을 통해 인도교회가 더불어 선교적 교회로 발돋움하며, 더 많은 열방을 섬기는 축복의 통로로 세워지길 기대한다.

김세진 선교사님, 당신은 사도행전 29장을 새롭게 적어가는 History maker다!

추천사

박성배 박사

『내 인생을 다시 쓰는 책쓰기』 등 다수의 책 저자, 한우리미션밸리 대표, 코칭전문 작가 목사

김세진 선교사는 1989년 선교현장으로 파송 받고, 필리핀, 싱가포르, 독일, 네덜란드, 영국 등에서 훈련을 함께 받은 동역자(同役子)이다. 1989년 네덜란드 디브론(Debron)에서 선교 훈련을 마친 후에 그는 작은 배낭 하나만 달랑 메고 '나는 이제 인도로 갑니다'라고 말하였다. 그때 가슴이 뭉클하였다. 그 후 지난 22년간 그는 인도 마라티 지역과 베트남에서 신실하게 하나님이 기뻐하는 미션에 순종하여 헌신하였다. 인도 선교 10주년이 되었을 때 만들어서 보여준 '황무지에 자라난 나무'라는 영상을 보고 큰 감동을 하였다. 그래서 앞으로 한국 교회와 인도, 베트남 선교를 위해서 김세진 선교사의 미션 행전이 책으로 출간될 수 있도록 권면을 하였다. 몇 가지로 이 귀한 책을 추천하고자 한다.

첫째로, 『황무지에서 자라난 나무』는 하나님이 행하신 믿음의 행전이다. 하나님은 이사야 41:17-20절 말씀을 통해서 김세진 선교사를 부르시고, 훈련하여 미션 현장에 보냈다. 그는 전적으로 하나님의 부르심에 순종했고, 하나님은 큰 역사를 행하고 계신다. 이 책을 읽는 독자 여러분에게도 부르심에 전적으로 순종하는 믿음의 역사가 있기를 바란다.

두 번째로, 『황무지에서 자라난 나무』는 잘 준비된 김세진 선교사를 통해서 이루어진 미션의 역사(役事)를 기록한 책이다. 김세진 선교사가 늘 말씀을 묵상의 Q.T를 통해서 경건으로 무장하고, 치밀한 계획을 세워가면서 하나님께 헌신하는 모습을 지켜보았다. 누구보다도 성실하고 신실한 하나님의 사람 김세진 선교사를 존귀하게 사용하고 계시는 하늘 아버지께 감사와 영광을 올려드린다.

세 번째로, 김세진 선교사는 바나바(barnabas)와 같은 성품(性品)을 지닌 사람이다. 내가 인천공항이 있는 영종도 공항신도시에서 교회를 건축하고 힘들어할 때 주변의 모든 사람은 다 떠났었다. 그때 김세진 선교사는 홀로 있는 내게 와서 며칠을 함께 지내면서 진심으로 위로해 주었다. 김세진 선교사는 세상 모든 사람이 다 떠났을 때, 마지막으로 찾아와 위로해 준 바나바 같은 성품을 지닌 신실한 하나님의 사람이다. 김세진 선교사는 내가 진심으로 마음 깊은 곳에서 믿는 그런 사람이다. 그런 좋은 성품을 지닌 믿음의 사람이기에 인도와 베트남에서도 큰 역사를 일구어 가고 있다고 믿는다.

마지막 네 번째로, 『황무지에서 자라난 나무』는 한국 교회와 인도, 베트남 선교를 위한 믿음의 자산(資産)이 되리라 믿는다. 오·엠의 창립자 조지 버워(George Verwer)를 통해서 큰 믿음의 역사를 이뤄가고 계시는 하나님께서, 김세진 선교사를 사용하셔서 일하고 계심에 감사를 드린다. 이 책의 출간과 함께 사랑하는 동역자 김세진 선교사가 더욱더 존귀하게 하나님의 나라 확장을 위한 미션의 도구로 드려지기를 소망한다.

Part 1

하나님의 부르심은
오직 그분의 주권이다

Part 2

아, 나의 사랑
마하라슈트라!

황무지에서 자라난 나무

| 선교는 내가 하는 것이 아니고 하나님의 인도하심에 순종하는 것이다.

도대체 선교사는 어떤 사람이 하는 것인가?

시골에서 자라며 낭만과 시를 좋아하던 소년이, 생존의 현실에서 대학보다 돈을 먼저 벌어야 했던 청년이, 어느 날 선교사로 부르심을 받았다. 두려움 속에 시작한 선교의 여정이 어느덧 33년이 흘러 버렸다. 뒤를 돌아보니 주님의 인도하심을 받아 순종한 시간이 행복한 추억으로, 작은 선교의 열매로 남게 되었다. 평범하고 연약한 사람도 선교사가 될 수 있음을 보여 주었다.

| 선교사가 되려면 어떤 준비를 해야 하는가?

선교에 부르심을 받았지만 어떻게 준비해서 선교지로 나가는가? 하는 문제는 또 다른 도전이다. 언어를 준비하고 선교비를 모금하고 선교할 나라와 선교 대상을 선정하는 일에는 민감한 인도를 받아야 한다. 이 책은 'The Model'(최고의 모델)을 제시할 수는 없지만 'A model'(하나의 모델)을 제시해 준다. 민감한 인도를 받기 위한 키워드는 '성경 묵상을 통한 확증'이다. 그리고 좋은 선교사로 준비되기 위해서는 만남이 중요하다. 좋은 사람

을 만나야 하고 좋은 선교 단체를 만나야 하고 좋은 배우자와 좋은 동역자를 만나야 한다. 이 책을 통해 그 힌트를 얻을 수 있다.

| 선교지에서 선교는 어떻게 이루어지는가?

과연 평범한 사람이 타국에 가서 언어가 다른 사람에게 전도하여 세례를 주고 교회를 세울 수 있을까? 꿈 같은 이야기이다. 나도 처음에는 그렇게 생각했다. 인도에 처음 도착해서 소원한 기도는 '한 영혼이 나를 통해 예수를 믿는 것'이었다. 그런데 22년이 지난 지금은 12개의 교회가 세워졌고 1,700여 명의 인도 사람들이 교회를 출석하고 있다. 작은 겨자씨가 자라서 나무가 되고 새들이 깃들고 있다. 꿈이 현실로 변하고 있는 것이다.

돌아보면 나의 계획과 방법으로 된 것은 거의 없다. 순종하며 그 자리에 있을 때 하나님이 인도하신다는 것을 경험하게 되었다. 그래서 많이 준비하고 전략을 짜는 것보다 더 중요한 것은 순종하고 그 자리에 가 있는 것이다. 나의 선교 이야기도 주로 그런 이야기이다. 내가 선교하는 것이 아니라 나를 부르신 분의 음성을 듣고 민감하게 순종하는 것이다.

이 책은 선교에 부르심을 받아 선교를 준비하는 선교 지망생과 현재 선교를 하면서 어려움을 돌파하는 동료 선교사들과 하나님의 인도하심을 갈망하는 일반 그리스도인들과 한 평범한 사람의 이야기를 듣고 싶은 모든 분께 드리고 싶다.

2022년 8월 김세진 선교사

Part 1

하나님의 부르심은
오직 그분의 주권이다

1장

부르심

너의 행사를 여호와께 맡기라

그리하면 네가 경영하는 것이 이루어지리라

(잠언 16:3)

나를
교회가 보이는 곳에 묻어 달라

우리 가정의 믿음의 뿌리는 한 번도 만나보지 못한(내가 태어나기 전에 돌아가신) 김인분 할머니에게서 시작된다. 김인분 할머니는 안동김씨 종갓집에 시집을 오면서 많은 핍박을 받았다. 조상 제사를 지내야 하는 가문에 시집와서 예수를 믿는다고 이유로 제사를 거부했으니 핍박을 받은 것은 당연하다. 하지만 할머니는 소신을 굽히지 않았고 끝까지 믿음을 지켰다.

할머니의 산소를 성묘할 때마다 아버지께서 "나를 교회가 보이는 곳에 묻어 달라"고 할머니께서 유언을 남겼다고 이야기해 주신 게 선명하게 기억난다. 교회를 그만큼 사랑하신 분이셨다. 그 유언에 따라 할머니는 경북 안동 소산에 있는 '설못교회'가 보이는 공동묘지 한 자락에 묻히셨다. 할머니의 신앙에 따라 두 자녀는 예수를 믿었다. 바로 큰고모와 나의 아버지다. 이런 아버지 밑에서 자란 우리 형제들은 당연히 어릴 적부터 교회를 나가게 되었다. 작은고모는 예수를 믿지 않다가 60세 정도 되어 예수를 믿기로 결심하셨다. 당시 고모가 고모부에게 하신 말씀이 재미있다.

"내가 지금까지 당신에게 시집와서 조상 제사도 다 차렸고 6남매 자녀들도 잘 키웠으니 이제 예수 믿는 데에 방해하지 마세요."

그리고 새벽마다 대산에서 감천까지 걸어서 새벽기도를 다니셨다. 나중에는 고모부도 예수를 믿고 세례를 받으신 후에 돌아가셨다. 삼촌은 어릴 적 세례는 받았지만, 아직 교회를 나가지 않고 계신다. 삼촌을 위해서 30년 넘게 기도해 오고 있다.

어머니 측 신앙의 뿌리는 어머니의 할아버지 신병종 장로님이다. 신 장로님은 해방 후 일본에서 손녀딸인 나의 모친을 데리고 부산으로 들어오셨다고 한다. 나에게는 고종 외할아버지 되시는 신 장로님은 전도의 열심히 얼마나 뜨거웠던지 귀국하는 항구에서도 사람들을 모아서 전도하셨다고 한다. 그 후 6·25 전쟁 중에는 부산 모라에서 천막을 치고 교회를 시작하셨다. 아버지가 어머니를 만나게 된 계기도 군인으로 '모라천막교회'를 출석하시면서 어머니를 만났고 신 장로님의 중매로 두 분이 결혼하신 것이다.

이런 신앙의 뿌리를 가진 나는 어릴 적부터 경북 예천군 감천면에 있는 '감천교회'를 출석하였다. 어릴 적부터 교회를 열심히 다녔기 때문에 나의 놀이터는 교회 마당과 교회 앞 작은 언덕이었다. 어릴 적 교회를 다니며 기억나는 행복한 추억은 시골 교회 연합예배 소풍에서 〈삭개오〉 뮤지컬 공연 주인공으로 노래를 불렀던 것과 학생회 때 성탄 이브에 밤을 새우며 게임을 한 후 새벽송을 돌던 시간들이다.

중3 때 부산으로 이사를 오면서 구포교회를 다니게 되었고 고등학교 때 강영창 목사님께 입교를 받았다. 물론 유아 세례는 감천교회에서 받았다. 고등학교를 졸업한 후 직장생활을 하면서 세상 재미에 빠져 교회를 한동안 멀리한 기간이 있었다. 조선공사를 다니면서 산악회에 가입하여 주일날 산을 오르기 시작했고, 야간 대학을 다니면서 이성 교제에 빠져 교회 출석을 소홀히 했다.

시골 교회 연합소풍

1984년부터는 동아대 요트부에 가입하여 한동안 광안리 해변에서 몇 달씩 보내기도 했다. 85년 아시안 리커터 요트 대회 때는 대학생 자원봉사자 대표로 일하기도 했으니 요트에 대한 나의 열정도 대단했다. 하지만 1985년 회사를 그만두면서 심경의 변화가 생겼고 예수를 구주로 영접하게 되었다. 회사를 그만둔 후 세상의 재미를 멀리하고 성경을 정독하며 구원의 확신을 갖게 된 것이다. 그 후 구포교회에서 청년부와 주일학교 성가대를 열심히 섬기면서 믿음이 점점 자라게 된다.

너의 인생을
여호와께 맡기라

1988년 4월, 당시 나는 3년 반을 다니던 대한조선공사 설계사의 일을 그만두고 대학 공부를 마친 후(동아대 전자공학) 단기사병(방위병)으로 부산에서 복무하고 있었다. 8월 전역을 앞두고 진로와 장래를 고민하며 기도하던 기간이었다. 내가 일해오던 조선 설계 쪽으로 계속 갈 것인지 아니면 전자 회사에 취업할 것인지를 고민하던 시기였다. 어느 날 작은 골방에서 큐티를 하고 있을 때, 잠언 16장 3절 말씀이 하나님의 음성으로 내게 다가왔다. 주님은 말씀을 통해 이렇게 물으셨다.

"너는 나를 주님으로 모셨다고 해 놓고 여전히 너 자신이 주인이 되어 있구나. 지금 너의 직장과 장래를 네 스스로 고민하고 있지 않으냐? 네가 나를 주인으로 인정한다면 너의 인생을 나에게 맡겨 보아라. 그러면 내가 너의 삶을 성공적으로 인도해 주겠다!"

1985년에 거듭남을 체험하고 예수님을 주인으로 모셨지만 나는 그때까지도 내가 내 인생의 주인이 되어서 모든 것을 결정하고 있었다. 나의 믿음 없음을 회개하며 한없이 눈물을 흘렸다. 두세 시간이 지났을까? 마음속에 평안과 확신이 밀려오면서 나의 인생을 주님께 드려야겠다는 결심을 하고 있었다.

"주님! 나는 이 의미가 무엇인지 잘 모르지만 내 인생을 주님께 맡겨 보겠습니다. 주님께서 나의 삶을 인도해 주옵소서!"

다음날 예수전도단에서 편지 한 통이 날라왔다. '88 올림픽' 기간에 '올림픽 선교대회'를 서울 광림교회에서 개최하니 참석하라는 편지였다. 나는 이 편지가 어제 드린 기도에 대한 응답이라는 것을 감지할 수 있었다. 주저 없이 지원서를 보내고 내가 회장으로 섬기고 있던 구포교회 청년회에 '올림픽 선교대회를 위한 중보기도팀'을 구성했다. 그리고 매주 몇 명의 청년들과 함께 이 선교대회를 위해 기도하기 시작했다. 이 선교대회에서 어떤 일이 일어날지 아무것도 모른 채 말이다.

군 복무를 마치고 선교대회에 참석하는 타이밍은 절묘하게 잘 맞았다. 같이 전역한 군 동기 한 명을 설득해 이 대회에 참석했다. 광림교회 예배당에는 전 세계에서 모여온 수백 명의 외국 청년들과 전국에서 참석한 한인 청년들이 천 명 넘게 모여 있었다. 선교대회는 영어, 한국어 통역으로 진행되고 있었는데 찬양과 말씀이 천국 잔치를 연상시킬 정도로 은혜롭고 감동적이었다.

나는 여기에서 처음으로 해외 선교에 대한 메시지를 들었다. 세상에는 복음을 듣지 못한 수많은 종족이 살고 있으며, 한국의 교회는 이제 선교해야 할 시간이 되었으니 신학을 하지 않은 나 같은 사람도 선교사가 될 수 있다는 메시지였다. 함께 찬양을 드리는 중에 혀가 꼬이면서 방언이 터져 나오기 시작했다. 방언의 경험은 영적 신비감을 더 크게 만들었다. 당시 그 장소를 덮고 있는 영적 분위기가 너무 황홀해서 천국에 와 있는 착각을 일으켰고 여러 나라에서 온 청년들이 한 가족처럼 느껴져서 행복과 황홀감에 떠다니는 느낌이었다.

마지막 날 태국 목사님 한 분이 열정적인 설교를 하시면서 자신의 인생 전부를 해외 선교를 위해 드릴 사람은 강대상 앞으로 나오라는 콜링(Calling)을 하셨다. 나는 아무런 주저함도 없이 당당하게 강대상으로 걸어나갔다. 그리고 그곳에 올라온 여러 사람과 함께 나의 남은 생애를 선교를 위해 바치겠노라 기도드렸다.

올림픽 선교대회는 일주일의 수련회로 끝난 것이 아니라 참가자들을 그룹으로 나누어 약 25명 정도의 팀을 만들어 3주 동안 서울 시내에 흩어져 전도하는 프로그램으로 진행되었다. 우리 팀도 외국인 반, 한국인 반으로 구성되었고 외국인 팀장 캐나다 형제와 한국인 팀장인 내가 팀을 이끌며 서울 시내 전도를 진행하였다.

나는 처음으로 외국인과 만나서 전도 일정을 조율해야 했는데 문제는 역시 의사소통이었다. 짧은 영어 단어와 그림 그리고 몸동작(Body Language)으로 소통하기가 쉽지 않았지만 재미있는 경험이었다. 서울역, 파고다 공원, 영등포역, 올림픽 선수촌 등을 다니며 찬양과 스킷 드라마를 보인 후 전도지를 나누어 주는 방식으로 전도했는데 한 달 동안 약 153명 정도의 결신자를 얻게 되었다. 이 전도 기간을 통해 선교에 대한 열정이 더 뜨거워졌고 타문화 선교의 효과성을 더 확신하게 되었다. 그렇게 꿈과 같았던 6주 기간이 끝나고 뜨거운 가슴을 안고 집으로 돌아왔다.

올림픽 선교대회 전도 팀

황무지에서 자라난 나무

선교사가 되려면

막상 선교사가 되겠다고 결심은 했지만 어디서부터 시작을 해야 할지 알 수 없었고 친절하게 안내해 주는 사람도 없었다. 당시만 해도(1988년) 평신도 선교사에 대한 이해가 교회 안에서 매우 부족했기 때문이다.

선교대회를 통해 몇 가지 마음에 새긴 것은, 선교사가 되려면 먼저 영어를 배워야 한다는 점과 선교지에 가서 2년 정도 먼저 경험하면서 장기 선교를 준비하는 것이 좋다는 것이었다. 그래서 예수전도단 '아나스타시스' 선교 선에서 갈 수 있는지 알아보기 시작했다. 하지만 당시 예수전도단의 정책 중 선교사로 나가려면 DTS를 받고 국내에서 2년간 간사직을 수행한 후에 갈 수 있다는 조항이 있었다. 그 길이 막히자 앞길이 더 막막하게 느껴졌다.

어떻게 해야 하나 고민하고 있을 때 올림픽 전도대회 때 같은 팀원이었던 형이 전화했다. 외국 배에 올라가 전도하는 곳이 있으니 '와 보라'고 해서 영어도 배울 겸해서 그곳을 찾아가게 되었다. 그곳은 다름 아닌 외국인 선원들을 대상으로 전도도 하고 선교사들을 훈련하여 파송도 하는 '외항선교회'라는 선교 단체였다. 그곳에서 당시 부산 총무로일하고 계셨던 이철우 목사님을 만나게 되었는데 이 목사님은 나의 간증을 들은 후 나에게 KMTC 선교사 훈련을 받아보라고 권유하셨다. 이 훈련을 받으면 외항선교회를 통해 파송을 받아 국제 오·엠이라는 선교 단체에서 일할 수 있다. 내가 그동안 꿈꾸던 길이 이렇게 우연히 열리게 될 줄이야 미처 몰랐다.

부산 외항선교회 자원봉사자

6개월 동안 열심히 외항선교회를 출근해서 외항선에 올라 외국인 선원들에게 전도도 하고 KMTC 선교 훈련도 받았다. 훈련은 주로 영어 성경공부, 영어 성경 암송하기, 선교 강의, 외국인 선원 전도하기 등으

황무지에서 자라난 나무

로 이루어져 있었다. 당시 그곳에서 자원봉사자로 섬겼던 지체들과 배에 올라 전도도 하고, 쉬는 시간에는 탁구도 하고 다트를 던져 설거지 당번도 정하는 등 행복하고 즐거운 훈련 기간을 보냈다.

KMTC(Korea Mission Training Course) 훈련은 1988년 11월부터 1989년 4월까지 진행된다. 훈련을 마칠 즈음에 선교지로 나가기 위한 준비 작업이 하나씩 진행되었다.

이때 알게 된 사실은 선교사로 지원하는 본인이 선교비를 모금해서 선교지에 가야 한다는 것이었다. 나는 처음에 이것이 매우 불공평하다고 생각했다. 선교사는 모든 것을 포기하고 자신의 시간을 드려서 선교 나가는데 돈까지 본인이 마련해야 한다는 사실이 잘 이해되지 않았다. 그 선교 액수도 월 38만원 정도이니 당시 어지간한 교회 목사님 사례비 수준이었다. 이것이 나에게 적지 않은 부담으로 다가왔다. 선교비를 모금하는 것이 다른 어떤 훈련보다 나에게 큰 도전이 된 것이다.

두 번째 걸림돌은 가족의 반대였다. 우리 부모님들은 기독교도였지만 대학을 졸업한 유일한 아들이 선교지에 나가는 것을 못마땅하게 생각하고 있었다. 아들의 안전에 대한 염려도 있었지만 가장 큰 불만은 경제적인 것이었다. 내가 대학을 졸업했으니 이제 돈을 벌어 집을 도와야 하는데 갑자기 선교를 나간다고 하니 충격이 컸다. 이해가 되는 것이 당시 아버지는 시계를 파는 행상을 하고 계셨고, 어머니는 신발 공장이나 비닐하우스 농장에서 일하고 계셨기 때문이다. 이런 사정을 못 본채하고 떠나야 하는 나의 심적 고통도 적지 않았다.

한번은 꿈에 이전 직장 상사가 나타나 '내일부터 출근하라!'고 너무나 생생하게 말해서, 이것이 주님의 뜻인가 하여 밤새도록 성경을 뒤진 적도 있었다. 무의식 속에도 가족에 대한 경제적인 부담이 컸다는 것을 말해준다. 이런 심리적인 도전과 반대를 극복해야 비로소 선교사가 될 수 있다는 것을 나중에야 알게 되었다.

선교는 돈 낭비

본 교회 청년이 선교사로 헌신하면 교회가 축하해 주며 격려해 주어야 마땅하지만, 현실은 사뭇 달랐다. 재정 모금을 시작하면서 경험한 냉혹한 현실은 교회가 선교에 그리 긍정적이 아니라는 사실이다.

나는 대한 예수교 장로회 통합 측 교단 구포교회를 다니고 있었다. 당시 구포교회는 약 150명 정도의 성도가 출석하는 건물과 교육관을 가진 아담한 교회였다. 부산으로 이사 온 이후(중학교 3학년)부터 가족들과 구포교회를 쭉 다녔다. 직장생활을 하면서 3년 정도 방황한 후에도 다시 구포교회로 돌아왔고 이후 청년회 회장으로 2년 동안 청년회 부흥에 중심에 선 사람으로 인정받았다. 하지만 선교사로 나간다고 후원을 요청했을 때 교회의 반응은 반반으로 나누어졌다. 축하하며 지지하는 청년 그룹과 일부 중직자들이 있었던 반면 소수의 장로, 집사님들은 선교비 지원을 부담스러워하는 심기를 드러냈다.

특히 사업을 하며 당시 교회 재정부장으로 있었던 장로님은 노골적으로 '선교는 돈 낭비'라고 말하면서 반대를 했다. 이 장로님과 소수 집사의 반대 때문에 나의 선교 후원 건은 제직회에서 세 번이나 부결되었다. 세 번째 부결되었다는 소식을 들은 나는 청년부실에서 목을 놓아 엉엉 울었고 그 모습을 지켜본 청년들이 위로해 준 기억이 난다. 선교의 냉혹한 현실 앞에서 눈물로 투쟁했다.

그 후 당시 선임 장로이셨던 강기성 장로님이 오셔서 이런 제안을 하셨다. 파송을 일 년만 연기해 주면 교회 예산에 나의 선교비를 책정하여 후원해 주겠다는 것이었다. 그때 강 장로님께 이렇게 답변했다.

"하나님께서 나를 부르신 것이 분명하고, 나도 모든 것을 포기하고 선교에 헌신했으니 지금의 일정에 따라 나가겠습니다. 나는 헌신의 약속을 책임지고 나갈 것이고 하나님은 나의 경비를 채우시는 하나님의 역할을 하실 줄 믿고 공항까지 나갈 것입니다. 만약 그때까지 경비가 채워지지 않는다면 나는 내가 드린 선교의 서원을 취소할 것이고, 그에 대한 책임은 자기 역할을 다 하지 않으신 하나님께 있을 것입니다."

나의 당돌한 답변을 들은 강 장로님은 심각한 표정으로 돌아가신 후에 다음 주일 이런 광고를 하셨다. 교회가 김세진 청년의 선교 후원을 결정하지는 못했지만, 교인 중에서 누구든지 개인적으로 후원하고 싶은 사람은 후원을 약정하라는 내용이었다. 그것이 도리어 큰 축복(더블 블

레싱)이 되었다. 내가 기대한 선교비의 두세 배가 개인 후원을 통해 약정되었기 때문이다. 교회 안에 선교에 대해 부정적인 인식을 한 소수의 사람이 있었지만, 대부분 성도는 선교를 좋게 인식하고 후원해 준 것이 선교의 첫발을 내딛는 나에게 큰 용기를 주었다.

이런 과정을 지켜보신 아버님도 기적이라며 놀라워하셨고 그동안 선교에 반대해 온 어머니도 마음 문을 열게 되었다. 이렇게 해서 나는 선교사가 되기 위한 큰 두 산을 넘게 되는 경험을 하게 되었다. 놀라운 사건은 나의 항공료를 후원하고 싶어 하시는 분이 두 분이나 생겨서 나중에 연락 온 분께는 정중히 사양해야 하는 행복한 해프닝도 있었다. 역시 하나님은 놀라운 방법으로 나의 필요를 채워주셨다. 하나님의 하실 몫을 톡톡히 감당해 주신 것이다. 할렐루야!

파송예배(1989년 5월)

출국과 연애편지

막상 출국을 위한 준비가 완료되고 출국 일정이 잡히니 주변에 나를 부러워하는 청년들이 많았다는 사실을 알게 되었다. 당시만 해도 해외여행을 잘할 수 없었던 시절인데 수많은 나라를 다니며 선교 훈련을 받게 되는 것이 사뭇 부러웠던 모양이다(선교 일정은 필리핀 2개월 '영어 훈련'-싱가포르 2주 수련회-독일 일주 '러브 유럽 수련회'-영국 한 달 '러브 유럽 전도대회'-네덜란드 3주 '사역지 결정 수련회'-영국 한 달 '예방접종 및 오리엔테이션'-2년 사역지). 당시 부산 외항선교회 자원봉사자들도 15명 정도 되었는데 그중에서 훈련을 받고 선교사로 파송된 사람은 두 명이었으니 부러움의 대상이 될 만도 했다.

재미있는 해프닝은 이 기간에 두 통의 연애편지를 받았다는 사실이다. 내가 회장으로 섬기던 구포교회 청년회에 다니던 두 자매가 나에게 존경을 담은 연애편지를 보냈다. 내용인즉 평소에 나를 좋아하고 있었는데 이번에 이렇게 선교를 나가는 모습을 보니 너무나 멋있고 존경스럽다는 내용이다. 그러면서 기도하며 기다리겠다는 내용이었다. 나는 물론 그러지 말라고 거절을 했지만, 그 편지가 기분이 나쁘지는 않았다.

아이러니하게 출국을 즈음하여 나를 사위 삼고 싶어 하는 모 교수님이 항공료를 후원하고 올림픽 전도대회에서 만난 강릉의 한 자매는 월 5만 원씩 후원하면서 나를 기다리겠다고 일종의 프러포즈를 하기도 했다. 갑자기 내가 인기 연예인이 된 듯한 착각을 일으킬 정도였다.

이런 내용을 여기에 쓰는 이유는 선교에는 양면성이 있다는 것을 말해주고 싶어서이다. 선교는 희생과 인내와 고통이 따르는 순종의 길이기도 하지만 다른 한편으로는 타인의 부러움의 대상이기도 하다. 가고는 싶지만 결단하지 못한 사람들의 영적 부러움의 대상이기도 하고, 가고 싶어서 여러 방면으로 노력했지만 길이 열리지 않는 사람들의 부러움의 대상이기도 하다.

선교에 헌신한 사람은 많지만 사실상 그들 중에 막상 선교지에 도착하여 그 뜻을 이루는 사람은 생각보다 적다. 이런 점에서 선교사는 부러움의 대상이 된다. 그래서 많은 신앙인이 선교사들을 존경하고 사랑해 준다. 그 길에 동참하고 싶지만, 이런저런 이유로 하지 못하는 것을 선교사들이 대신해 주기 때문이다. 그래서 나는 후배 선교 후보생들에게 이런 말을 하고 싶다. 선교의 길은 힘들고 어려운 길이지만 영광스럽고 부러운 길이기도 하다. 혹 용기를 내지 못하는 후배들이 있다면 말한다.

"선교의 가시밭길만 생각하지 말고 가끔은 꽃길 속에서 우리를 웃게 하시는 유머러스한 주님을 바라보며 용기를 내어 보길 바란다."

2장

준비와
사역지 결정

이르시되 우리가 다른 가까운 마을들로 가자

거기서도 전도하리니 내가 이를 위하여 왔노라 하시고

(막 1:38)

무지갯빛 언어 훈련

1989년 5월 15일, 가족들과 후원자들의 환송을 받으며 필리핀을 향해 떠오르는 비행기 속에 몸을 싣고 있었다. 감동적인 송별의 여운과 몇몇 사람들이 준 손편지를 읽으며 벅찬 가슴으로 도착한 곳은 필리핀 마닐라였다. 그곳에는 외항선교회가 준비해 둔 선교 훈련 센터가 있었다.

당시 함께 출국한 동기 선교사는 18명 정도 된 것 같은데 그중에는 나를 포함한 총각 삼총사가 있었다. 총각 삼총사는 필리핀, 싱가포르, 네덜란드에서 좋은 우정을 나누었는데 맏형 박성배 목사는 이 책을 쓰도록 격려해 준 분이다. 당시 꼬맹이로 따라와서 우리 총각들의 방을 뛰어다니며 놀던 개구쟁이 박도성은 수년이 지나 태국 쇼핑몰에서 우연히 만났는데 외국인 약혼녀와 둘로스 선교선을 타고 있었다. 이처럼 몇몇 동기 선교사는 인생의 동반자처럼 오늘도 우정을 나누고 있다.

필리핀 언어 훈련 기간은 우리에게 '선교 신혼기'와 같았던 꿈 같은 시간이었다. 더운 날씨와 모기와의 싸움도 있었지만, 모든 것이 새롭고 신기하고 행복했다. 한국에서는 잘 먹지 못하던 바나나와 파인애플을 마음껏 먹을 수 있었다. 한번은 아름다운 해변에 뗏목을 띄워 놓고 그곳 스태프들과 여유 있게 수영하던 기억도 난다. 영어를 배우는 즐거움도 있었지만, 필리핀이라는 새로운 문화를 경험하고 새로운 친구를 사귀는 보너스도 있었다.

필리핀 언어훈련 중

영적으로도 기억에 남는 시간이었다. 평생 마음에 새기게 된 말씀을 받은 곳이기도 하다. 비꼴(Bicol)이라는 해변으로 12시간 달리는 버스 안에서 묵상한 말씀이다.

황무지에서 자라난 나무

'하나님이 우리를 구원하사 거룩하신 소명으로 부르심은 우리의 행위대로 하심이 아니요 오직 자기의 뜻과 영원 전부터 그리스도 예수 안에서 우리에게 주신 은혜대로 하심이라.'(디모데후서 1:9)

이 말씀은 나를 선교사로 부르신 하나님의 뜻을 발견한 구절이다. 선교사로 부르신 근거가 내가 청년회 회장으로 교회를 열심히 섬겼기 때문이 아니라 이미 창세 전부터 나를 택하시고 부르신 하나님의 경륜 때문이라는 것을 깨달은 것이다. 그 날 이후 이 말씀은 내 영혼 속에 깊이 새겨진 신학이 되었다. 선교사로 부르신 이유는 나의 행위에 근거한 것이 아니라 철저히 은혜 안에서 부르신 하나님의 뜻과 목적 때문이라는 사실이다.

이 말씀은 내가 한평생 선교하면서 어떤 성공이나 어떤 실패 속에서도 교만하거나 좌절하지 않을 수 있는 견고한 닻 줄이 되었다. 선교의 특권 중 하나는 선교 여정 속에서 하나님의 말씀을 생생하게 경험하게 된다는 사실이다. 나도 그런 특권을 많이 누려온 행복한 선교사 중 한 명이다.

타 문화 충격과 에피소드

언어 훈련을 마친 우리 팀은 싱가포르로 넘어가 한 달간 머물면서 선교 강의도 듣고 타문화 경험도 하면서 오·엠 선교회 정책에 대하여 오리엔테이션을 받는 시간을 가졌다. 오·엠 싱가포르 측은 우리를 위하여 단체숙소를 따로 준비하지 않고 싱가포르 현지인 집에 몇 명씩 나누어 민박을 시켰다. 싱가포르에서 오·엠을 다녀온 Ex-OMer 집에 민박을 시킨 것이다.

나는 P 목사님과 함께 둘로스 선교선을 다녀온 한 형제의 아파트에 머물게 되었다. 그 아파트는 결혼을 앞둔 신혼집 아파트로서 마무리 공사가 한창 진행 중이었다. 그 아파트 주인 형제는 우리에게 숙소를 안내해 주면서 화장실이 아직 공사 중이니 대변을 보지 말아 달라는 부탁을 하고 갔다. 숙소에서 대변을 보지 말라고 하면서 다른 대안도 주지 않고 가면 도대체 어떻게 하라는 말인지 정말 대책 없는 부탁이었다.

예상대로 다음 날 아침 누군가(?)의 대변이 화장실 변기통에 누어져 있었고 변은 내려가지 않은 상태로 뚜껑이 덮여 있었다. 아침 경건회를 위해 아파트에 온 주인 형제는 화장실 사태를 보고 화를 참지 못해 경건회는 뒤로하고 질문과 질책의 시간으로 일관하였다. 당시 영어가 잘되지 않았던 우리로서는 어떤 항변이나 상황 설명도 제대로 하지 못한 채 고개를 숙이고 깊은 참회의 시간을 가져야만 했었다. 참으로 민망하고 힘든 시간이었다.

그 사건은 싱가포르에 한 달 동안 머물면서 배운 그 어떤 강의보다도 강력하게 우리의 가슴에 남게 되었다. 그 사건 하나가 싱가포르 사람에 대한 이미지와 오·엠의 모든 상황을 잘 대변해 주는 그림이었다. 나는 P 목사님을 만날 때마다 종종 그 이야기를 하며 쓴웃음을 짓곤 한다.

언어 장벽과
돌파를 위한 몸부림

1989년 '러브 유럽 수련회'는 독일 프랑크푸르트에서 개최되었다. 당시만 해도 수천 명의 유럽 청년들이 이 대회에 참석했고 아시안 중에는 한국인이 가장 많았던 것 같다. 수련회는 한 대학 캠퍼스에서 진행되었는데 집회는 큰 강당에서 진행되었고 숙소는 체육관 바닥에 침낭을 깔고 자는 방식이었다. 수천 명이 식사를 받기 위해 널어선 줄은 끝이 보

러브 유럽 수련회

황무지에서 자라난 나무

이지 않는 장관을 이루었고 그 긴 줄 속에서 나는 누군가와 이야기를 하며 식사를 배식받았다.

춥고 불편한 숙소, 입에 잘 맞지 않는 음식이었지만 수많은 믿음의 청년들 속에서 그런 불편함은 즐거운 이야깃거리로 바뀌고 있었다. 지금도 느껴지는 그 수련회의 뜨거운 찬양과 설교 그리고 한국식 합심 기도! 전 세계에서 모여든 다양한 청년들의 색깔과 언어와 옷차림들! 수련회 후 타고 가게 될 끝이 보이지 않는 차량 행렬! 이 모든 것들이 놀랍고 신기했다.

나는 '러브 유럽 캠페인'을 영국 브리스틀 팀에서 하도록 배정받았는데, 우리 팀은 수련회를 마치고 미니 밴으로 독일에서 영국까지 횡단하게 되었다. 차를 타고 유럽 국가들은 가로지르면서 이 대륙이 얼마나 축복받은 땅인지를 보게 되었고, 도버 해협을 배로 건너면서 영국에 입항하게 되었다.

우리가 숙소로 사용한 교회는 브리스틀의 한 백인 교회였는데, 오순절 계통의 교회였다. 담임 목사님이 조용기 목사님 책을 보여주면서 한국 교회를 많이 칭찬하신 기억이 난다. 조용기 목사님을 잘 몰랐는데 영국에서 그 책을 통하여 그분의 명성을 알게 되었다. 우리는 교회에 머물면서 성도들의 식사 초대와 세탁 섬김을 받았다. 담임 목사님은 내가 한국에서 왔다고 주일예배 때 한국 찬양을 해 달라고 부탁을 하셨는데 한복을 입고 기타를 치며 찬양하자 성도들이 아주 좋아했다.

모든 것이 좋았지만, 영국에 도착하니 나의 영어 실력이 형편없었다는 것을 확인하게 되었다. 아시아 국가에서는 영어를 제법 알아듣고 대화도 곧잘 했는데, 영국 본토에 오니 말하는 방식도 완전히 다르고 억양도 강해서 거의 알아들을 수 없었다. 하루 일정을 마치고 나면 영어에 대한 스트레스가 나를 질식시킬 것 같았다. 그래서 살아남기 위하여 나름대로 방법을 만들었다. 그 방법은 새벽과 늦은 밤에 교회 지하실로 내려가 하루 동안 들은 영어를 정리하고 암송하는 것이었다. 팀 일정이 시작되기 전과 후에 한 시간 이상 이렇게 시간을 투자하고 때로는 영어의 스트레스를 찬양으로 풀기도 했다.

언어가 부족하여 생긴 오해도 있었다. 하루는 우리 팀이 경건회를 하고 있었는데 담임 목사님과 한 집사님이 오셔서 누가 교회 기타를 사용했는지 물으셨다. 우리는 아무도 보지 못했다고 했는데 나중에 그 기타가 내가 공부하고 기도하는 지하실 방에서 발견된 것이다. 그 전날 저녁에 기타를 사용하고, 다음 날 새벽에 지하실에 가지 못하면서 기타를 제자리에 돌려놓지 못한 것이다. 그리고 그 사실을 깜빡 잊어버리고 있었다.

이 기타가 왜 나의 기도실에 있느냐고 묻는 목사님의 질문에 상황을 제대로 설명하지 못하면서, 내가 마치 거짓말 한 사람처럼 되어버려 부끄럽고 억울해서 팀 미팅 중에 울어버리고 말았다. 경건회 시간에 모든 팀원 앞에서 부끄럽게 엉엉 운 것이다. 나중에 팀 리더가 영어 때문에 너무 힘들면 한국인이 있는 팀으로 보내주겠다고 말했다. 자존심이 더 상해서 아니라고 대답하면서 힘들어도 넘어야 할 산이니 한국인이 없는 이곳에서 계속 훈련받겠다고 답했다.

이런 오해와 부끄러움을 경험하면서 영어를 조금씩 극복했다. 언어의 장벽은 이렇게 높은 것이었지만 넘지 못할 산은 아니다. 오·엠 2년 과정을 마치고 한국 오·엠에서 일하게 되었을 때는 한국 팀을 인솔하여 러브 아시아 수련회에서 영어 통역을 하고 있었다. 우리를 부르신 하나님은 감당할 힘도 허락해 주신다.

일출 속에 나타난
하나님의 영광

러브 유럽을 마치고 네덜란드 '사역지 결정 수련회'에 도착했을 때는 대부분의 한국인 동료들은 언어 때문에 마음이 무너져 있었다. 영어로 인한 오해, 무시, 상처들을 가득 안고 서로 만나니 너무 반갑고 헤어지기 싫었다. 이렇게 마음이 무너져 있을 때 유혹은 더 강하게 오는 법이다.

총각 삼총사 중 한 명이 인도에 가지 말고 둘로스 선교선에 같이 가자고 제안해 왔다. 그곳에는 한국인들도 많고 한국 음식도 만들어 먹을 수 있다는 것이다. 그렇지 않아도 인도 팀은 카레 밥만 먹어서 배탈이 났다는 둥, 손으로 밥을 먹어야 하고 화장지 대신 물로 해결해야 한다는 이야기를 듣던 터라 이 유혹은 더 강하게 밀려왔다. 이전에 조선 공사에서 선체 설계를 한 적도 있고 이전에 '아나스타시스 선교선'에 가려던 꿈도 있었으니 이 제안을 두고 기도해 보기로 했다. 그래서 인도 팀과 둘로스 팀 양쪽 다 면접을 보았다. 문제는 양쪽 팀 모두 받아 주겠다고 했다. 고생길이 뻔히 보이지만 첫 선택을 한 인도로 가야 하는가? 아니면 선교선을 타고 여러 나라를 다니면서 선교의 견문을 더 넓

힐 것인가?

최종 결정일 아침 일찍 잠에서 깨어났다. 텐트도 추웠고 사역지 결정에 대한 조바심도 있었기 때문이었다. '사역지 결정 수련회장(Recuruting Conference)'은 네덜란드 '디브론'에서 진행되었는데, 디브론은 작은 강이 흐르고 푸른 들판과 언덕으로 둘러싸인 작은 풍차 마을이었다. 나는 카메라를 메고 데브론 언덕길을 걸으며 하나님께 기도했다. 인도로 가야 합니까? 둘로스에 가야 합니까? 그러다가 얼마 후 엄청난 장관을 보게 되었는데 그것은 바로 일출 장면이었다. 들판에 떠오르는 일출 광경은 나의 가슴을 엄청난 황홀과 영광스러움으로 채우기 시작했다. 일출 속에서 마치 하나님의 영광을 보는 것 같았다. 나의 기도에 대해 주님께서 구체적으로 답하지는 않았지만, 그 일출 광경 앞에서 스스로 이런 고백을 하게 되었다.

"주님 인도로 가겠습니다. 내가 배탈이 나고 손으로 식사하고 화장지도 없는 곳이라 할지라도 내가 처음 주님 앞에서 결심한 그곳으로 가겠습니다."

인도를 결정하게 된 것은 선교사 훈련을 받는 중에 기도와 말씀을 통해 정한 것이었다. 막연히 선교는 인도나 아프리카 같은 어려운 나라에서 해야 한다는 생각을 지니고 있었다. 그러던 중, 선교 훈련 과정에 사역지 소개의 시간이 있었는데 당시 가장 어려운 팀이 '아랍 순회팀'과 'EWB 팀(Eastward Bound Team)'이었다. EWB 팀은 인도, 파키스탄, 네팔을 순회하며 전도하는 팀이다.

큐티 가운데 마가복음 1장 38절 '이르시되 우리가 다른 가까운 마을들로 가자 거기서도 전도하리니 내가 이를 위하여 왔노라'에 감동을 받아 전도를 가장 많이 할 수 있는 사역지가 좋겠다고 생각하고 있었다. 그러던 중에 어떤 선교사님이 와서 EWB 팀을 소개하셨는데, 슬라이드를 통해 인도에서 트럭을 타고 마을과 마을을 다니며 복음을 전하는 사역을 보여주었다. 그 팀을 소개받는 순간 '아! 바로 저 팀'이라는 생각하게 되었다. 그래서 교회 청년들에게 나는 인도에 갈 것이라고 말했고 계속 그렇게 기도를 하고 있었다.

하지만 러브 유럽을 경험하면서 영어 대한 스트레스도 많이 받고 주변에서 인도에 대한 겁을 너무 많이 주어서 잠시 주눅이 들어 있었는데, 일출의 광경을 보는 순간 그 모든 두려움이 눈 녹듯이 사라지고 처음에 정한 그 마음으로 다시 돌아가게 된 것이다. 나는 떠오르는 태양 아래에서 주님께 순종의 고백을 드렸다.

"인도로 가겠습니다!"

당시 EWB 팀에 조인하는 한국인은 나 혼자였기 때문에 더 겁이 났지만, 일출의 영광을 본 이후에는 아무런 두려움이 들지 않았다. 데브론 수련회장에서 막내를 홀로 인도로 떠나보내는 형님 누나들이 안쓰럽게 바라보며 눈물로 기도해 주었다. 하지만 나는 담담하게 그 길을 갈 수 있었다.

입국 준비와
영국 성도들의 섬김

사역지 결정이 끝난 후에도 바로 인도로 들어가지 않고 영국에 한 달간 머물면서 예방접종, 비자신청 등의 시간을 가지게 되었다. 두 번째 영국 방문은 처음보다 더 여유가 있었던 것 같다.

우리가 두 번째 머문 도시는 '브라이턴'이라는 도시였는데, 타버니클 교회 성도들 가정에 홈스테이하면서 시간을 보내었다. 첫 두 주 동안 머문 집은 아주 친절하고 따뜻한 노부부였는데 그분들의 사랑이 지금도 느껴진다. 아침마다 맛있는 영국식 아침을 준비해 주시면서 영어 단어 10개씩을 가르쳐 주셨다. 지금도 그때 배운 단어들이 기억날 정도이니 그때의 시간이 머릿속에 오래 남은 것이다.

두 번째 나를 초대해 주신 분은 해변에 집을 가지신 '바바라'라는 아주머니였는데 조금 터프하신 분이셨다. 내가 영어를 잘 알아듣지 못하면 큰 소리로 이야기하셨기 때문에 조금은 긴장한 시간이었다. 그 집에서는 아침마다 해변 조깅을 했던 기억이 난다. 해변을 달리며 쌓인 스트레스를 해소하기 위해 소리를 질렀던 기억이 난다.

우리는 인도 지역을 입국하기 위해 여러 가지 예방접종을 했는데 콜레라, 장티푸스, B형 간염 1차를 접종한 것 같다. 그 외 화장실 사용법, 우물 정수법 등도 배웠다. 장티푸스 접종 후에는 한기가 들어서 밤새 몸을 떨며 기도했던 기억도 난다.

그 외에도 현지 교회 예배도 참석하고 주변 도시를 돌아보기도 했고 팀원들과 가벼운 등산을 하며 여유로운 시간을 보냈다. 당시 영국은 푸른 초장이 많고 비가 자주 왔으며 가는 곳마다 양들이 풀을 뜯고 있어서 평화로운 나라로 기억되고 있다. 영국 성도들도 친절하고 따뜻하여 언젠가 다시 가 보고 싶다는 생각을 했다.

Part 2

아, 나의 사랑
마하라슈트라!

3장

나의 마음을
사로잡은 나라

이에 제자들에게 이르시되

추수할 것은 많되 일꾼이 적으니

(마태복음 9:37)

표정 없는 사람들

1989년 10월, 내가 처음 들어간 나라는 파키스탄이었다. 미국 형제한 명과 말레이시아 형제, 나 이렇게 세 명이 동행했다. 우리가 처음 도착한 도시는 파키스탄 남부 도시 카라치(Karachi)였다. 그곳에서 기차를 타고 중부도시 라호(Lahor)로 이동했고 나는 북쪽에 있는 수도 이슬라마바드(Islamabad)팀에 배치되었다.

파키스탄에 대한 첫인상은 모스크 소리가 요란하고, 수염을 기른 사람들이 담요 같은 천을 둘러쓰고 무표정하게 우리를 쳐다보던 기억이난다. 어두 컴컴한 기차 안에서 우리를 바라보는 그들의 무표정한 얼굴에서 약간의 두려움을 느끼기도 했다. 하지만 파키스탄 사람들은 대부분 친절했고 외국인에게 도움을 주는 것을 거절하지 않는 편이다. 모슬렘들은 부지중에 손님을 대접하면 천사를 대접할 수도 있다는 코란의가르침을 믿기 때문에 그런 친절이 몸에 배어 있는 것 같다.

우리 팀이 이슬라마바드에서 한 일은 그곳에 피난 온 아프간 난민들을 위해 영어를 가르치는 일이었다. 당시 TEAM이라는 선교 단체와 O.M이 협력하여 이 학교를 운영하고 있었다. 아프간 난민들은 파키스탄에 머물다가 유엔난민기구를 통해 유럽이나 미주로 가는 것이 그들의 꿈이었는데 그러기 위해서는 기본적인 영어를 습득해야 했기 때문이다.

우리 학교에는 백여 명의 아프간 학생들이 공부하고 있었고 교사로 섬기던 선교사가 10명 정도 된 것 같다. 오전에는 남학생 수업 오후에는 여학생이 등교하여 영어를 배웠다. 나는 기초반 학생들을 가르쳤는데 열 명 정도의 학생들을 6개월 동안 가르쳤다. 이런 학생들과 관계를 맺으면서 기회가 되면 복음을 전하거나 개인 성경공부를 하게 된다. 당시 나는 이란 학생 한 명과 이웃에 사는 파키스탄 대학생 한 명에게 복음을 전하고 성경공부를 했었다.

팀 하우스에는 미국인 리더와 오·엠 팀원 3명(미국, 영국, 스위스)이 함께 살았다. 아침은 돌아가면서 준비하였고 점심은 아프간 요리사가 식사를 준비해 주어서 맛있게 먹은 기억이 난다. 여자 교사 사택은 다른 곳에 위치해 있었고, 기도회나 주일예배 때에는 함께 모여서 기도하고 사역했던 기억이 난다.

종종 학생들을 집으로 초청해서 탁구를 치거나 보드게임을 하면서 친구로 만든다. 종강파티는 복음 전할 좋은 기회이다. 식사 대접을 하면서 작은 파티를 열기 때문에 학생들의 마음이 많이 열리는 시간이고 간증이나 간단한 복음을 나눌 좋은 기회가 된다.

파키스탄 영어 학교

하지만 기억해 보면 우리가 운영했던 교회에는 아프간 학생들보다 이란이나 이라크에서 온 난민들이 주로 예배에 참석했었다. 아프간 모슬렘 두 명이 세례받은 기억은 나지만, 아프간 학생 중에 우리를 통해 예수를 영접한 사람은 보지 못한 것 같다. 사랑의 씨를 뿌리는 작업이었던 것 같다. 모슬렘 사역은 애도 많이 쓰고 시간도 많이 투자하지만, 열매는 미미하다는 것을 나의 짧은 경험을 통해 배운 것 같다.

개인적으로 파키스탄 친구를 전도하기 위해 라호르(Lahor)에 있는 그의 집을 방문한 적이 있었는데, 그는 이미 결혼한 남자였고 복음을 전하던 중 그의 어머니가 성경은 변질된 것이라고 해서 긴 논쟁만 하다가 맥없이 돌아오던 기억이 난다. 파키스탄 사람들은 친절하고 외국인에 대한 관심은 많지만, 거짓말을 잘하고 모스크에서 배운 잘못된 편견 때문에 복음을 잘 받아들이지 않았다. 그들도 복음이 필요한 사람들인 것은 분명하지만, 복음에 마음이 열려 있는 영혼들은 아닌 것 같다는 생각을 하게 되었다.

황무지에서 자라난 나무

더운 맛과 몸무게 10킬로

파키스탄을 거쳐 다음 해(1990년) 4월 첫발을 디딘 인도는 북부 우타 파라데쉬(Utta Paradesh) 주였다. 그곳에서 오·엠 트럭 팀에 합류하게 되었는데 미국 형제와 나 그리고 인도 형제 일곱 명 정도가 한팀이었다. 트럭 팀은 영국에서 가져온 큰 컨테이너 트럭 안에 팀원들이고 타고 식기 도구와 개인 짐 그리고 전도 책자를 싣고 2~3주 정도 주변 도시와 마을을 다니며 전도하는 팀이다. 식사는 들판에 주차해 만들어 먹거나 도로변 인도 식당에서 먹는다. 미국 그랜트(Grant) 형제가 운전했고 내가 찬양과 예배를 담당했다. 리더는 인도 형제였고 식사준비는 인도 형제들이 돌아가면서 준비를 했다.

낮에는 도시와 마을을 다니며 전도를 하는데, 트럭 뒷문을 열면 작은 무대가 되기 때문에 그곳에 팀원들이 서서 확성기로 찬양하면 사람들이 모여드는데 그때 한 사람이 그림 차트를 보여주며 복음을 전하게 된다. 그 후에 모든 팀원이 트럭에서 내려와 신약 성경(1권에 90원 정도)을 판매한다. 성경을 판매하는 이유는 꼭 읽고 싶은 사람에게 성경을 배포하고자 하는 의도이며, 여기서 나오는 판매금은 우리 팀 식재료를 구입하는 데 사용한다. 저녁에는 트럭 안이나 주변 적당한 장소를 찾아서 매트를 깔고 침낭을 덮고 잠을 잤다. 인도 형제들은 가벼운 천 하나를 머리까지 덮고 잠을 잘 잔다. 하지만 외국인은 모기장이 반드시 필요하다.

우리 팀은 그야말로 복음의 기동대였다. 성경이 다 소진되면 다시 숙소로 돌아와 며칠간 휴식을 취한 후 다시 전도 여행을 떠난다. 나는 북인도 UP에서 이렇게 트럭 팀 사역을 6개월 감당했다.

인도는 4~5월이 최고 더운 여름인데, 내가 북인도에 도착한 기간이

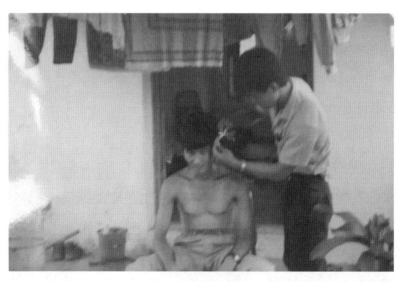

인도 트럭 팀 생활

황무지에서 자라난 나무

인도 트럭 팀 식사

한여름이어서 정말 인도의 뜨거운 맛을 보았다. 하루는 최고 기온이 52도까지 올라갔다. 그날은 정말 나무 그늘 밑에 앉아 있어도 숨을 제대로 쉴 수 없었다. 밤에도 그 뜨거운 지열이 식지 않아서 잠을 이루기 어려웠다. 거기에다가 나는 햇볕 알레르기가 있어서 하루 종일 땡볕에서 전도하고 나면 밤에는 온몸에 붉은 반점이 일어나고 가렵기 시작한다. 밤에는 모기와 가려움과의 싸움이 시작되는 것이다. 그때마다 모기장 밖으로 보이는 별들을 바라보며 박종호 씨의 찬양을 듣는 것이 얼마나 큰 힐링이 되었는지 모른다.

당시에는 생수를 파는 시대가 아니었기 때문에 물은 주변 우물에서 수통에 받아 '아요딘'이라는 정수제를 타서 마셨다. 이것은 오·엠이 우리가 물을 마시고 병에 걸리지 않도록 추천한 방법이었는데, 병은 막아주었지만, 그 물맛은 정말 별로였다. 전도를 많이 할 수 있어서 좋았지만, 배탈과 알레르기 때문에 시간이 지날수록 선교의 열정이 두려움과 낙심으로 변하기 시작했다.

이런 곳에 와서 평생을 살면서 선교할 수 있을까? 가족을 데리고 와서 이런 곳에서 생존할 수 있을까? 시간이 지날수록 인도를 빨리 떠나고 싶다는 생각에 날짜를 세고 있는 자신을 보았다. 몸은 야위고 정신은 패배감으로 가득 찼다. 생명을 바쳐 인도 선교를 한다고 해 놓고 날씨와 환경 때문에 무너져 가는 자신을 보면서 너무나 비참한 생각이 들었다. 구포교회 청년회 후배들에게 "인도 선교를 위하여 나의 몸무게 10킬로를 드린다"고 큰소리치지 않았던가? 그런데 인도 선교를 막 시작하면서 도망갈 생각만 하고 있다니! 그렇게 고민하며 기도하고 있을 때 주님께서 큐티를 통해 이런 말씀을 주셨다.

'너희 중에 누가 망대를 세우고자 할진대 자기의 가진 것이 준공하기까지에 족할는지 먼저 앉아 그 비용을 계산하지 아니하겠느냐. 그렇게 아니하여 그 기초만 쌓고 능히 이루지 못하면 보는 자가 다 비웃어 이르되 이 사람이 공사를 시작하고 능히 이루지 못하였다 하리라.'(누가복음 14:28-30)

황무지에서 자라난 나무

내 꼴이 마치 이 구절에 나오는 사람과 같다는 생각이 들었다. 그리고 이런 기도를 하기 시작했다.

"주님! 인도에 와서 영혼구원을 위한 기도는 저에게 사치스러운 기도 같습니다. 제발 제가 이 인도 땅에서 살아남을 수만 있도록 도와주세요!"

참으로 우스운 기도처럼 들리겠지만, 당시 나에게는 심각하고도 절실한 기도였다. 주님은 나의 기도를 들으시고 6개월 동안 버틸 힘을 주셨다. 나중에 들으니 이 팀에서 건장한 서양 형제들도 여럿이 건강 문제로 조기 귀국한 사례가 있었다고 한다. 당시 나의 몸무게는 52킬로였는데 10킬로까지 빠지기 전 사역 기간이 끝나도록 주님이 도와주셨다. 하지만 나의 첫 인도 경험은 마치 넘지 못할 높은 산 앞에 서 있는 느낌이었다.

히말라야의
착한 민족

1990년 10월 중 인도에서 네팔로 사역지를 옮겼다. EWB 팀은 비자 기간 동안 머물면서 인도와 파키스탄 네팔을 옮겨 다니며 사역하는 팀이었다. 인도 6개월 비자가 끝나서 네팔로 이동하였는데, 당시 우리 팀은 트럭을 운전해 국경을 넘어다녔다. 그때만 해도 파키스탄-인도 국경을 트럭으로 넘을 수 있던 시절이었다.

트럭으로 카트만두까지 이동하는 도로는 좁고 험했지만 불가능하지는 않았다. 네팔은 인도와 달리 기후도 서늘하고 사람들도 친절하여 도착하자마자 고향에 온 친근감을 느꼈다. 1990년 카트만두에는 한국 선교사 세 분, 일명 쓰리 Lee(이성호, 이상룡, 이춘심)가 계셨다. 개인적으로 이상룡 선교사님과 많은 교제를 했고 식사 대접도 자주 받았다.

당시 오·엠 팀 하우스에는 미국인 팀 리더(맥 브라이드) 가족과 국제팀 멤버 남녀가 8명 정도가 함께 살았던 것 같다. 한번은 이상룡 선교사님이 우리 숙소를 방문한 적이 있었는데 우리 숙소가 마치 피난민촌과 같았다고 하셨으니 그 분위기를 대충 짐작할 수 있을 것이다. 하지만 인도 트럭 팀 숙소에 비하면 천국과 같은 곳이었다. 따뜻한 잠자리와 땅콩 잼 토스트를 마음껏 먹을 수 있는 곳이었다.

나는 카트만두에서 운전면허증을 취득하기 위해 리더의 허락을 받았다. 인도 트럭 팀에 다시 가면 운전으로 팀에 보탬이 되고 싶어 시작한 것인데, 네팔 운전면허증을 취득하는 데 성공했다(나중에 오·엠 운전 테스트에서 불합격하여 트럭은 운전하지는 못했다).

사역은 카트만두 국립대학 '트리브반 대학' 학생들을 대상으로 전도하는 것을 주 사역으로 삼았다. 대학을 열심히 방문한 결과 토목과 학생 4명을 전도하여 카트만두 현지 교회로 인도할 수 있었다. 물론 주일 아침이면 학교 기숙사에 가서 그들을 깨워서 데려가야 했지만, 그들이 교회에 따라가 준 것만 해도 얼마나 고마웠는지 모른다. 찬양 인도를 했던 크리스 형제(미국)가 네팔 대학생 네 명을 교회로 인도했다는 말을 듣고 팀 미팅에서 많이 칭찬해 준 기억이 난다. 서양 형제들은 주로 히말라야 트레킹 전도를 했는데 나도 나중에는 두 주간 트레킹 전도를 간 적이 있다. 그 경험은 잊을 수 없는 감동의 시간이었다. 무엇보다 '복음이 모든 족속에게 전파되어야 끝이 오리라' 하신 주님의 말씀을 깊이 실감하는 여행이었다.

트레킹 전도는 네팔 현지 가이드 셀파 두 명과 우리 팀원 세 명 정도가 팀을 꾸려서 떠나게 되는데, 큰 가마니(자루)에 네팔어 신약 성경을 가득 채워서 셸파 두 사람이 머리에 띠를 연결해 짊어진다. 우리는 여행 배낭을 메고 그들을 따라가며 네팔 현지인 집에서 신약 성경을 파는 것이다. 성경을 모두 팔고 나면 하산을 하는데 거의 두 주 안에 가져간 성경을 다 팔게 된다. 트레킹은 주로 해발 2,000미터 이상의 작은 마을들을 방문하는 코스로 이루어지는데, 가는 길에 식당이나 호텔이 없기 때문에 도중에 만나는 현지인 집에 요리를 부탁해 먹고 허락하는 집의 마루나(운이 좋으면) 현관 바닥에서 잠을 자게 된다. 오리털 파카와 배낭을 가지고 갔지만, 밤마다 너무 추워서 잠을 제대로 자지 못한 기억이 난다.

종일 배낭을 메고 걷기 때문에 발이 부르트고 물집이 생긴다. 하지만 가는 곳마다 히말라야의 아름다운 경치를 볼 수 있어서 힘든 행군의 수고를 잊게 해 주곤 한다. 더 걷지 못할 것 같은 체력의 한계를 느끼고 있을 때 저 높은 언덕에 집 몇 채를 보면 거의 기다시피 해서 올라가 성경을 권하게 된다. 그때 대부분의 네팔 사람들은 웃으면서 우리를 맞이해 주고, 항아리 아래에 숨겨 놓은 돈을 꺼내어 성경을 구입하곤 했다. 그런 반응이 우리의 모든 수고를 씻어주고 우리의 얼굴에 기쁨의 미소가 피어오르게 한다.

나는 이 히말라야 전도를 통해서 복음이 땅끝까지 전해져야 주님이 오신다는 말씀의 의미를 진하게 느낄 수 있었다. 이런 히말라야 산자락에 사는 사람들에게까지 복음이 다 들어가야 한다면 언제 주님이 다시 오실 수 있을까 하는 생각을 해 보았고, 내가 이런 일에 쓰임 받고 있다는 것이 자랑스러웠다. 1990년 당시 네팔에는 민주화의 바람과 함께 복음의 봄바람도 불었는데 그 기간에 네팔에 많은 교회가 세워졌다는 선교보고를 듣게 된다. 어쨌든 나의 첫 3개월의 네팔은 치유와 회복의 시간이었다.

뒤로 물러가면
기뻐하지 아니하리니

네팔에서의 3개월은 너무 빨리 지나갔고 이제 다시 파키스탄으로 들어가야 하는 시간이 되었다. 하지만 그 시점에 미국이 이라크를 공습하면서 모슬렘 국가들의 분위기가 매우 험악한 상태였다. 이슬라마바드 시내에서 미국인 한 명이 집단 구타를 당하여 죽게 되는 사건을 접하면서 파키스탄 내의 반미 감정이 최고조에 달했다는 것을 알 수 있었다.

그래서 우리 팀 막 형제(미국)는 말레이시아로 가게 되었고, 나와 다른 아시안 형제에게도 의견을 물어 왔다. 말레이시아로 갈 것인가 파키스탄으로 갈 것인가? 나는 조금 두려운 생각도 있었지만 기도하며 주님의 응답을 기다렸다. 그때 주님께서 히브리서 10장 말씀을 주셨다.

'오직 나의 의인은 믿음으로 말미암아 살리라 또한 뒤로 물러가면 내 마음이 그를 기뻐하지 아니하리라 하셨느니라. 우리는 뒤로 물러가 멸망할 자가 아니요 오직 영혼을 구원함에 이르는 믿음을 가진 자니라.'(히브리서 10:38-39)

이 말씀에 힘을 얻은 나는 파키스탄으로 가겠다고 했고, 말레이시아 형제 한 명과 파키스탄으로 다시 입국하게 되었다. 이슬라마바드 거리에는 미국 타도를 외치는 현수막이 차량 곳곳에 붙어 있었고 도시의 분위기는 살벌하기 짝이 없었다. 하지만 입국 후 아프간 두 남자가 우리 집 목욕탕에서 세례를 받는 기쁨을 경험하게 되었다. 아프간 사람이 파키스탄에서 세례를 받는 것은 생명을 건 모험이다. 이런 놀라운 사건을 목격한 것은 내 생애에 큰 기쁨이었는데 마치 주님께서 '이곳에 잘 왔다'라고 환영해 주시는 느낌을 받았다.

그리고 또 다른 격려는 당시 한국대사관에 참사관으로 오신 김목훈 장로님이 해주셨다. 장로님은 종종 나를 집으로 초청해 푸짐한 식사를 대접해 주시고 금일봉까지 챙겨 주시면서 벤츠 승용차로 집까지 배웅해 주셨다. 같은 한국인이고 선교사라는 이유로 처음 보는 나를 최고로 대접해 주신 것이다. 힘든 선교 여정 속에 큰 위로와 힘이 되는 시간이었다.

이제 3개월이 지나가고 인도에 다시 들어가야 할 시간이 다가왔다. 인도에서 힘들었던 시간을 떠올리며 인도에 가지 않고 파키스탄에 남으면 좋겠다는 생각을 하게 되었다. 그리고 영국에 있는 팀 리더에게 편지를 써서 인도에 가지 않아야 하는 이유를 정리하고 있었다.

하지만 다행인지 불행인지 편지를 쓰기도 전에 인도로 들어가라는 명령이 떨어졌다. 변명할 여지도 없이 떠밀려 인도로 다시 가게 된 것이다. 다가오는 6개월 동안 어떤 일이 일어날지도 모른 채 나는 인도행 트럭에 몸을 싣고 있었다.

네가 오지 않는다면

떠밀려 도착한 인도는 중서부 '마하라슈트라'라는 주였다. 우리 팀은 솔라포에 베이스를 두고 주변 도시와 마을을 트럭으로 전도하며 다녔다. 그런데 6개월 전 북인도와 달리 날씨도 그렇게 힘들지 않았고 영어도 더 익숙해져서 은근히 사역을 즐기고 있는 내 모습을 보게 되었다.

마음에 조금 여유가 생기니 이곳 사람들에 대한 정도 들고 이들의 아픈 마음이 보이기 시작했다. 소달구지 짐 더미 위에 가족을 태우고 석양을 바라보며 집으로 향하는 농부의 얼굴에서, 먼지 날리는 버스 정류장에서 애타게 버스를 기다리는 있는 '검고 깡마른' 이들의 얼굴을 보면서 애잔한 마음이 스며들기 시작했다. 하루는 전도를 다녀와서 그 사람들이 눈에 밟혀 밤새도록 그들을 생각하며 기도하던 날도 있었다.

이런 심적인 변화 가운데에서 나를 더욱 감동시킨 것은 복음에 대한 이들의 수용성이었다. 가는 곳마다 반응이 놀라웠다. 특히 나투르(Natur)라는 도시에서는 복음 제시 후 성경을 사기 위해 몰려온 사람들 때문에 점심도 먹지 못하고 성경을 판 적이 있었다. 이곳 사람들은 예수에 관한 책을 그렇게 가지고 싶어 했고 그 책을 사기 위해 자전거로 트럭을 앞질러 성경을 사려고 달려왔다. 나는 이곳 사람들을 보면서 '복음의 추수 밭'이 바로 여기구나라는 생각을 하게 되었다.

그런데 이곳 도시와 마을에는 교회가 없었다. 전도하는 사람이 없었다. 누군가가 반드시 와서 교회를 세워야 할 곳이었다. 하지만 내가 다시 돌아와 그 일을 하려는 엄두는 내지 못하고 있었다. 하루는 성령께서 이런 마음을 주셨다.

"복음의 추수 밭을 눈으로 목격한 너도 이곳에 다시 오지 않으려 한다면 다른 어떤 사람이 이곳에 다시 올 것인가?"

그 말이 옳다는 생각이 들었다. 내가 오지 않으면 누가 올 것인가? 그런 마음의 부담이 점점 커져서 결국 이런 기도를 하게 되었다. 1991년 8월 어느 날, 우리 팀의 숙소로 사용했던 솔라포 CNI 교회 2층 콘크리트 난간에 걸쳐 앉아 석양을 바로 보며 이런 기도를 드렸다.

"주님! 제가 이곳에 다시 들어와 복음을 전하고 교회를 세우겠습니다."

6개월 전만 해도 인도는 넘지 못할 높은 산이었는데 지금은 내가 이곳에 다시 들어오겠다고 기도하고 있었다. 믿어지지 않는 일이었다. 하나님의 행하심은 정말 신기하고 놀랍다. 이렇게 해서 나는 인도 마하라슈트라를 미래 사역지로 결정하게 되었다.

인도 트럭 팀 성경 판매

4장

먼 여행을
위한
예비하심

가련하고 가난한 자가 물을 구하되

물이 없어서 갈증으로 그들의 혀가 마를 때에

나 여호와가 그들에게 응답하겠고

나 이스라엘의 하나님이 그들을 버리지 아니할 것이라

(이사야 41:17)

한국 오·엠 부산지부

1991년 8월 28일 한국에 귀국하니 한국외항선교회 부산지부에서 함께 일하자는 제안을 했다. 동시에 한국 오·엠 부산지부에서도 훈련 책임자로 영입하고 싶다는 연락이 왔다. 파송 받은 지 1년이 지난 1990년에 한국 오·엠이 외항선교회에서 독립하여 선교 단체를 창립한 것이다. 월급은 외항선교회가 많았지만, 앞으로 발전할 가능성은 오·엠이 더 컸기 때문에 오·엠 선교회 훈련 간사직을 수락하였다.

1991년 10월부터 제3기 오·엠 선교사 훈련을 맡게 되었고 부산과 대구에서 참석한 훈련생들을 처음으로 받게 되었다. 그 3기 훈련생 중에는 고신 대학원 선교학을 강의하는 김성운 교수 부부가 포함되어 있었다. 1992년에는 둘로스 선교선이 한국에 방문하게 되어 4기 훈련과 함께 '영어 통역 훈련'도 겸하여 진행하게 되었다. 이 과정에서 선교사 지원자들이 더 많아지게 되었고 한동안 1년에 두 차례 선교사를 모집하기도 했다. 4기 훈련생 중에는 한국 오·엠 대표로 일하는 조은태 선교사와 부산 이사회에서 봉사하고 있는 전부경, 송종원 이사도 포함되어 있었다. 6기 선교사 후보생이 아마 가장 많은 숫자였던 것 같다.

당시 나는 타협이 없는 원칙주의 훈련간사로 악명이 높았다. 훈련에 지각이 누적되면 선교사 파송이 늦어지는 정책이 있었다. 이 정책 때문에 자녀를 가진 몇몇 후보생들이 지각이 누적되어 파송이 2~3달 늦어진 경우가 있었다. 이런 정책을 예외 없이 원칙대로 적용했기 때문에 훈련생들은 정신 바짝 차리고 훈련을 받았어야 했다. 감사한 것은 이렇게 훈련받은 부산 출신 선교사들이 현재까지도 전 세계에 흩어져 얼마나 선교를 잘하고 있는지 모른다. 대부분이 나보다 훨씬 훌륭한 선교사들이 되어 큰 역할을 감당하고 있다. 얼마나 자랑스러운 일인가!

한국 오·엠 사역

바쁜 훈련 일정 중에도 둘로스 여수 준비팀장이 되어 여수에서 두 달 정도 머물며 둘로스 입항을 준비했는데 참 많은 것을 배우고 경험하는 시간이었다. 짧은 시간의 준비에도 불구하고 여수 교회들의 연합과 헌신으로 멋진 행사를 치를 수 있었다. 당시 준비위원장으로 수고해 주신 여수 제일교회 정성규 목사님, 우리 준비팀에게 사무실과 숙소를 내어 주시며 실제적인 라인업 업무에 많은 도움을 주신 여수 은현교회 김정명 목사님을 잊을 수 없다. 그 외 우리에게 집을 제공해 주신 집사님 부부와 자원봉사자로 함께 섬겼던 김봉주 자매에게도 감사를 전한다.

둘로스가 여수에 도착한 후 여러 행사가 성황리에 진행되었는데, 선상에서 진행된 목회자 세미나와 연합 기도회, KBS 홀에서 진행된 국제 친선의 밤 행사는 성공적이었고 은혜가 넘치는 시간이었다. 이런 모든 성공 뒤에는 숨은 기도가 있었다. 우리 라인업 팀이 여수에 도착한 첫날 캐나다 자매가 금식 기도를 제안하여 우리는 금식 기도로 라인업을 시작하였다.

나에게 여수로 내려가라는 오·엠 리더들의 특명이 떨어졌을 때 나는 주저하지 않고 수락했지만 내가 같이 가자고 제안했던 통역 훈련생 안광수 형제도 기꺼이 나를 따라와 주었다. 넉넉지 않은 살림에 우리 숙소를 세심하게 준비해 주신 은현교회 집사님 부부의 숨은 사랑과 여러 관공서에서 도움을 주신 숨은 그리스도인들, 기도와 연합으로 힘을 보태어 준 여수지역 교회들이 이 성공의 숨은 주역들이다.

당시 둘로스 방문은 오·엠을 한국 교회에 소개하고 많은 젊은이를 선교에 동원하는 데 큰 역할을 하였다. 나는 그렇게 2년 동안 훈련간사로 섬긴 후 1994년 부산지부 총무로 위임을 받게 되었다.

신학 대학원과 결혼

1994년 세 가지 경사가 있었다.

하나는 부산 오·엠 총무로 위임받은 것이고 둘째는 고려신학 대학원 M.Div 과정에 합격한 것이고 세 번째는 결혼한 것이다. 당시 31살이었는데 공부와 업무와 가정이라는 세 가지 책임을 동시에 지게 된 것이다. 총무로 위임받으면서 6개월 이내에 결혼한다는 조건이 달려 있었기 때문에 이사장 정판술 목사님이 중매에 신경을 많이 써 주셨다. 덕분에 이사장 목사님이 시무하시는 사직동교회에서 나를 협동선교사로 초청해 주신 후 후원금과 장학금도 주셨고 나중에 아내를 중매해 주셔서 결혼도 하게 되었다.

아내를 만나게 된 장소는 목사님 서재였다. 하루는 주일예배를 마치고 나오는데 목사님이 집으로 오라고 하셔서 갔더니 아내가 목사님 집에 앉아 있었다. 그리고 목사님이 서재를 내어주시면서 조용히 이야기를 나누라고 하셨다. 나는 당시 3가지 결혼조건(신앙, 건강, 인도 동행)을 가지고 있었는데, 아내는 첫 만남에서 내가 마음에 들었는지 '주님의 뜻이면 어디든지 갈 수 있다'고 대답해 나의 조건을 만족시켜 주었다.

　같은 주 수요 예배 후 두 번째 만남을 가졌는데, 그날 결혼 날짜를 잡았고 한 달 만에 결혼식을 치렀다. 정말 모든 것이 급행으로 진행되었는데 그 짧은 시간에 그런 결정을 하게 된 것이 놀라웠다. 나중에 알게 된 사실이지만, 아내는 정 목사님으로부터 나를 소개받던 날 자신이 운영하던 음악학원 문제로 천 번 기도가 끝나는 날이었고, 그날 목사님이 나의 이력서를 보여주실 때 '아 하나님이 이 사람하고 결혼하라고 하시는구나'라는 생각이 번쩍 들었다고 했다.

　나도 여러 번의 맞선을 보고 오·엠 훈련생 중에서도 결혼 대상을 찾

결혼식(1994년)

　황무지에서 자라난 나무

앉지만 계속 틀어지다가, 아내를 만나서는 일사천리로 모든 일이 진행된 것이 믿어지지 않는다. 당시 아내는 전세금도 있었고 웨딩 적금도 들어 두어서 남자만 있으면 되는 상태였다. 나는 선교를 다녀와 통장에 100만 원이 남아있었는데 그마저 신학대학원 입학금 내고 나니 그야말로 제로 통장의 사나이였는데 주님께서 나의 형편에 꼭 맞는 배필을 준비해 주신 것이다. 한 달 만에 만나 결혼한 박원선은 지난 29년 동안 나의 든든한 인생의 반려자이자 선교의 파트너가 되어 주었다.

신혼에 오·엠 총무 일과 신학대학원 공부까지 하려니까 정말 시간을 쪼개어 사용해야 했다. 오·엠이 가장 활발하던 시기에 오·엠 총무 일을 하면서 신학교 첫 학년 히브리, 헬라어를 공부하는 것은 쉽지 않았다. 당시 송도에 캠퍼스를 둔 고신대학원은 첫 1년은 모든 학생이 의무적으로 기숙사 생활을 하도록 했다.

신혼 첫해에 기숙사에 의무적으로 살아야 했으니 그 상황이 상상이 가는가? 가끔은 기숙사를 몰래 빠져나가 집에서 자고 새벽에 들어오는 007작전을 펼치기도 했다. 그런데도 지금 뒤돌아보면 그 시절이 그렇게 신나고 즐거웠는지 모른다. 나는 이렇게 신학 공부와 오·엠 총무 사역을 신혼 초에 병행하게 되었다.

파송본부 사역을 통한 값진 경험

오·엠 본부 사역은 선교사 모집, 훈련, 파송, 선교사 관리까지 하는 일이기 때문에 선교의 전체적인 그림을 볼 수 있는 아주 값진 경험이었다. 선교사 모집을 위해서 교회와 신학교 혹은 선교대회에 참석해 오·엠 설명회도 했고, 파송되는 선교사들의 교회에 가서 파송 예배도 진행하였고 귀국하는 선교사들의 Re-Entry(재적응)도 도왔다.

그뿐만 아니라 총무 사역은 이사회 구성과 사무실 운영을 위한 재정 확보를 해야 하는 직책이었기 때문에 많은 목사님을 만나서 오·엠을 설명하고 오·엠 이사로 영입하는 일도 했다. 이런 관계 형성은 내가 나중에 장기 선교사로 일하는데도 큰 도움이 되었다. 매년 정기이사회를 하기 위해 1년 예결산 준비 및 사역 보고, 이사회 아젠더 준비 등은 실제적인 행정 사역의 노하우를 쌓는 시간이었다. 그리고 함께 일하는 훈련 간사, 인사부, 재정 간사를 영입하여 사례비도 지급하였고, 사무실을 임대하거나 차량을 구입하는 일도 사역에 포함되어 있었다.

부산 오·엠 스텝(1994년)

내가 부산 오·엠 총무로 일하던 때는 수영로교회 교육관에 있던 오·엠 사무실을 하단 가브리엘 선교 센터로 옮기게 되었는데 그곳에는 사무실과 훈련장소와 총무 사택이 같은 건물 안에 있었기 때문에 사역의 효과가 더 커졌다. 거기에다가 총무 집 옆에 있는 다른 두 집도 빌려서 훈련간사 사택과 타지에서 온 훈련생들의 숙소로도 사용하였으니 그 건물은 실제로 오·엠 선교 센터 역할을 한 것이다.

건물주 권사님이 워낙 엄격하게 관리하셔서 조심스러운 부분도 있었지만, 가브리엘 센터는 요한이와 수빈이가 태어나고 자란 우리 가족들이 잊을 수 없는 장소가 되었다. 나는 그렇게 9년 동안 오·엠 부산에 나의 젊음을 불태우고 있었다.

내가 총무로 일하던 시기가 선교사 모집 실적이 가장 좋아서 당시 많은 선교사가 부산 오·엠을 통해서 선교사로 파송되었다. 한때는 제주도와 전라도 훈련생들이 부산 오·엠에 와서 합숙하며 훈련을 받았다.

내가 사역한 1991년부터 1999년까지 9년 동안 GA 단기 선교사(2년 이상)는 128명이 파송 받았다. 러브 유럽, 러브 아시아, 러브 인디아 참석자를 포함하면 수백 명에 이른다. 그리고 부산 오·엠 출신 선교사들이 현재도 장기 선교사로 오·엠에 많이 남아 있다. 이것이 내가 본부 사역을 하면서 얻은 수고의 열매들이며 큰 자부심으로 남아 있다.

황무지에서 자라난 나무

출국의 3가지 걸림돌

본부 사역(부산 오·엠) 8년 정도가 지나면서 자녀도 두 명 생기고 신학대학원도 졸업하게 되니 한국 생활은 더 정착되고 안정감을 느낄 수 있었다. 하지만 동시에 나의 사랑 마하라슈트라로 가야 할 시간도 점점 다가옴을 느끼게 되었다.

한국 생활의 안정과 본부 사역의 많은 열매는 내가 인도로 가야 하는 여정에 방해가 될 수 있음을 감지하게 되었다. 만약 2000년이 넘어가도 인도로 가지 않는다면 영원히 가지 못할 것 같다는 불안감이 들기 시작했다. 정판술 이사장님은 지금 여기서 이렇게 좋은 선교의 열매를 맺고 있는데 꼭 인도에 가야 하느냐고 물으시곤 하셨다.

이제 결단과 행동이 필요한 시간이 왔다. 잘못하다가는 내가 주님께 드린 서원을 갚지 못할 수도 있을 것 같았기 때문이었다. 그래서 1999년 5월 아내와 함께 인도 마하라슈트라 정탐 여행을 출발했다. 당시 나에게는 세 가지 큰 걸림돌이 있었는데 하나는 인도 오·엠이 더 이상 외국인 선교사를 받지 않기로(국제 오·엠 대회에서) 한 것이고, 다른 하나는 IMF가 터진 지 2년밖에 되지 않은 상황에서 선교비 모금이 적지 않은 부담으로 다가왔다. 세 번째는 안정된 한국 사역을 떠나 인도에 갔을 때 과연 내가 좋은 열매를 맺을 수 있을까 하는 불안감이었다.

정탐 여행을 통해 주님은 이 세 가지 걸림돌을 하나하나 제거해 주셨다. 첫째는 인도 오·엠에서 우리 가족의 인도 입국을 특별히 승인해 준 것이다. 당시 인도 오·엠 남부 책임자 '상카르'는 8년 전 내가 트럭 팀에서 일할 때 마하라슈트라 주 책임자였는데 나의 간증과 서원 기도에 관한 이야기를 들은 후 흔쾌히 입국을 허락해 주었다. 둘째 약속은 우리 부부가 푸네시에 도착한 날 180도의 선명한 무지개를 보여주셨다.

사직동 교회 파송예배(1999년 12월)

황무지에서 자라난 나무

주님이 마치 '세진아 너를 환영한다'라는 퍼레이드처럼 보였다(사실, 그 날 이후 20년 동안 그런 무지개를 보지 못했다). 마지막 약속은 이사야 41장 17-20절 말씀을 통한 확증이었다.

요약하면, '가련한 자들이 물을 구할 때 주실 것이며, 황무한 땅에 샘이 나게 하시고 사막이 물 된 동산과 같이 되어 수많은 나무들이 자라게 될 것이다'이다. 이 약속의 말씀에 따라 나중에 교회 세울 때 나무 이름을 많이 지었다. 세 가지 응답을 통해서 하나님의 인도하심을 분명히 알게 되었다.

한국에 돌아온 나는 한국 오·엠과 사직동교회에 '내년에 인도에 들어간다'고 공식 선포를 하게 되었다. 출국을 앞두고 실제적인 준비들을 하기 시작했다. 먼저는 부산 오·엠 후임자를 세우는 일과 GMTC 훈련을 통해 가족이 인도 입국을 준비하는 것이었다. 총무 후임자는 대구 총무로 있던 조은태 선교사를 내정하였고, 사직동교회의 파송을 받게 되었다. 염려했던 선교비 모금도 힘들지 않게 채워졌고 출국을 위한 준비도 하나씩 마무리되어가고 있었다.

출국에 앞서 부모님들과 1년을 함께 산 것은 참으로 좋은 경험이었다. 사실 새로운 도전을 앞두고 마음이 불안해서 그랬는지 GMTC 훈련 기간에 아내와 부부 싸움을 가장 많이 한 것 같다. 그런데도 1999년 12월 12일 사직동교회에서 파송 예배를 드렸고 2000년 1월에 인도로 출국하게 되었다.

5장

황무지에 심은 나무

내가 광야에는
백향목과 싯딤 나무와 화석류와 들감람나무를 심고
사막에는
잣나무와 소나무와 황양목을 함께 두리니

(이사야 41:19)

앞서 나가시는 하나님

인도에 도착했을 때 오·엠 인도에서 파우땅 형제(현재 GSCC 비숍)를 푸네로 보내어 집을 구하고 가스를 설치하는 데 도움을 주었다. 그리고 당시 푸네에 거주하던 인도 오·엠 사역자 '일랑고반 형제'가 우리 가정이 정착할 때 많은 도움을 주었다.

그런데도 비자 문제며 교회를 개척하는 문제는 전적으로 나의 몫이었다. 그야말로 맨땅에 헤딩하는 상황이었고, 황무지에 나무를 심는 기분이었다. 그리고 언어를 배우는 문제도 쉽지 않았다. 마하라슈트라 공용어는 '마라티어'인데 힌디어보다 발음이나 문법이 어려워서 현지인들도 글을 쓸 때 틀리는 경우가 많다. 푸네에 마라티어를 가르치는 학원도 없을 뿐 아니라 제대로 된 교재나 교사를 찾기 어려웠다. 쉽지 않은 환경에서 언어를 배워서 복음을 전하고 교회를 세우는 것은 마치 넘지 못할 큰 산처럼 느껴졌다.

마라티어를 배우는 데 몇 년이 걸릴지 모르니 우선 영어로 가능한 사역을 시작할 필요가 있었다. 인도는 영국 식민지로 250년을 지낸 나라이기 때문에 공용어가 영어와 힌디어이고, 중산층 사람들은 영어로 교육을 받아 영어를 유창하게 구사하는 나라이다. 심지어 구멍가게 주인들도 영어로 물건을 판다. 그래서 인도에서는 영어가 되면 기본적인 생활이나 사역에는 큰 어려움이 없다. 하지만 나는 현지어를 반드시 습득해야 한다는 생각이 있었기 때문에 최소 2년 정도는 마라티어 공부에 집중할 생각이었다. 하지만 주님의 인도하심은 내 생각과 달랐다.

푸네에 먼저 와 계시던 선임선교사 김봉태 목사님이 '사랑의교회 전도 세미나 팀'을 나에게 받아 달라고 요청한 것이다. 본인은 안식년을 가셔야 하고 내가 사랑의교회 협력선교사이니 이 팀을 받기에 내가 적격이라는 것이었다. 사실 당시 푸네에 선교사라고는 김봉태 목사님과 감리교 출신 선교사 한 분이 더 계셨기 때문에 별로 선택의 여지도 없었다. 그래서 할 수 없이 사랑의교회 전도 세미나 팀을 받게 되었는데 그때가 2000년 11월이었다.

그때 팀원으로 오신 분이 곽명옥 선교사님(당시 권사님)과 이정숙 권사님이었다. 이분들과의 인연은 이후 20년이 넘도록 계속되었고 전도 세미나도 첫 5년은 계속되었다. 당시 평신도였던 권사님들이 선교지까지 와서 전도 세미나를 인도하고 영어로 강의한 것은 대단한 실력과 용기를 갖춘 것이었다. 평신도 훈련에 매진한 옥 목사님의 열매가 아닐까 싶다. 그해 전도 세미나에는 푸네 와노와리 나자린 교회(마까사리 목사)를 빌려서 그 장소를 훈련 장소로 사용했다. 훈련생으로는 푸네 근처에서 사역하던 오·엠 형제들을 초청하였고 이들에게 전도 훈련을 시켜 와노와리 동네 가가호호로 보낸 것이다.

 이들은 전도 방법을 금방 숙지하여 동네로 나가 많은 사람에게 복음을 나누었고 만난 사람들을 저녁 집회에도 초청하였다. 우리는 저녁 집회에 참석한 사람들에게 복음을 다시 정확하게 설명하고 예수를 영접하도록 도왔다. 이렇게 4일 간(11월 20일부터 23일) 전도를 받은 사람이 665명이 되고 저녁 집회에 참여한 자들이 464명 정도가 되었다. 일

푸른목장 개척 전도 팀

주일간의 세미나가 끝난 후 예수를 믿게 된 사람들을 현지 나자린 교회에 보내어 신앙생활을 하도록 권고했다.

하지만 교회도 그들을 잘 배려하지 못했고 그들도 교회에 잘 적응하지 못하고 우리에게 와서 우리끼리 매주 모여서 기도할 수 있는 모임을 만들어 줄 수 없느냐는 요청을 하였다. 이 말은 교회를 시작하자는 말인데 나에게는 적지 않은 고민이 되었다. 언어에 최소한 2년은 집중하려고 했는데 교회를 시작하면 어떻게 되나? 그렇다고 선교사가 복음을 전해 예수를 믿게 해 놓고 함께 예배드리자는 사람들을 돌려보낼 수도 없는 노릇이었다. 이렇게 하여 계획에도 없던 한 교회가 시작되었는데 그 교회가 지금의 '푸른목장교회'가 되었다.

당시 내가 사랑의교회 선교부 위원장님께 보낸 서신이 이렇게 기록되어 있다.

"…(전략)… 이번에 곽명옥 권사님을 인도 푸네에 보내 주셔서 감사를 드립니다. 인도 복음화와 저의 사역에 큰 힘이 된 세미나였습니다. 간단한 결과 보고를 드리면 다음과 같습니다. 22명의 오·엠 사역자(인도인)들과 저의 한글 제자반 3명(한국인)이 참석해 3박 4일간의 세미나를 가지며, 3일 동안 전도를 나갔습니다. 그 결과 665명의 인도인에게 복음을 전했고, 그중 167명이 방문 전도를 통해 예수 그리스도를 구주로 영접했습니다. 그리고 464명이 저녁 집회에 초대를 받아 참석하게 되었고, 간증, 복음 개요를 들은 참석자 전원이 예수 그리스도를 구주로 영접하기로 결신 하였습니다. 정말 감격과 기쁨이 충만한 저녁 집회였습니다. 그뿐만 아니라 참석자들 모두가 큐티와 전도에 큰 용기를 얻어 각자의 사역지로 돌아갔습니다.

지난 주일날(11월 26일) 오·엠 형제들 몇 명이 집회를 가졌던 교회(나자린 와노와리 교회)에 예배를 참석했는데, 세미나를 통해 예수를 영접한 새 신자 성인 35명과 어린이 다수가 예배에 참석했지만, 제대로 환영도 받지 못하고 마라티어로 통역도 되지 않아 매우 실망하여 돌아갔다고 합니다. 세미나를 통해 예수를 믿은 새 신자들의 후속 조치가 시급한 상태에 있습니다. 다행히 오·엠 사역자들이 이들을 방문하여 계속 격려하며 두 개의 성경공부 모임을 결성했고 저도 이곳 리더들 몇 명과 의논하여 다음 주일부터 이들만을 위한 마라티 예배를 드리기로 결정했습니다. 주일 오후 4시에서 5시 30분 사이에 예배를 드리게 되는데 기도를 부탁드립니다.”

인도에서 시작한 첫 교회는 내가 전혀 계획하지도 않았던 주님의 방법으로 시작된 것이다. 선교하다가 보면 배우게 되는 중요한 교훈이 있는데 그것은 ‘선교는 선교사의 전략과 계획대로 되는 것이 아니라 선교사가 생각지도 못한 주님의 방법으로 되는 것이다.’ 이렇게 주님의 방법으로 푸네의 ‘푸른목장교회’가 탄생하게 되었다.

불량 간식과 선택의 귀로
(백향목)

2000년 8월 푸네 카트라지 지역 '데주메 교회'와 동역을 시작하였다. 데주메 교회는 15명의 성도가 학교에 모여서 예배를 드리고 있었는데, 나는 어른 예배를 돕고 아내는 이 교회에서 주일학교를 시작하였다.

처음에는 한 성도의 옥상에서 주일학교 모임을 시작하였는데 아이들이 점점 몰려오면서 장소를 근처 초등학교로 옮기면서 200명 300명으로 늘어나기 시작했다. 당시 우리 팀에는 어린이 선교회 소속 이광주 선교사가 동역하고 있었는데 어린이 사역 전문가이면서 열정적으로 섬기는 선교사였다.

주일학교 예배는 찬양과 율동 성경 이야기를 나눈 후 그리기나 만들기 활동을 하는데 인원이 많아 통제나 진행이 쉽지 않았다. 예배가 마치고 나면 아이들에게 간단한 간식을 나누어 주었는데 시간이 지나면서 아이들이 400명 정도가 몰려오니 경비를 절감하기 위하여 도매시장에서 간식을 구매하여 주었다.

황무지에서 자라난 나무

그런데 어느 날 한 아이에게 준 간식이 벌레 먹은 불량식품이었다. 그 아이의 부모가 그 일을 경찰에 신고하면서 데주메 교회 장로님 한 분이 경찰서에 잡혀가 조사를 받게 되었는데, 이 사건을 계기로 주일학교 모임을 중지하라는 명령이 떨어지게 되었다.

데주메 교회는 우리에게 더는 주일학교를 하지 말라고 했는데 나는 400명이나 되는 아이들을 포기할 수는 없어서 고민에 빠졌다. 교회는 주일학교를 더 하지 않기를 원하지만 여기서 포기하면 저 아이들은 어떻게 하나? 기도하는 중에 주님이 좋은 아이디어를 주셨다.

데주메 교회에서 나와서 내가 오·엠 이름으로 독자적인 주일학교를 다시 시작하는 것이었다. 그래서 데주메 장로들의 동의를 얻어 2001년 10월 28일부터 학교 근처에 작은 식당을 임대해 칸막이를 터서 주일학교 예배를 다시 시작하였다. 그 주일학교는 성장하여 백향목교회가 된다.

불행한 사건 속에도 하나님의 섭리가 있음을 배우게 되었다. 불량식품이 계기가 되어 헌 부대를 버리고 새 부대 '백향목교회'에 주일학교 사역을 담게 된 것이다. 이런 방법을 통해 한 교회가 탄생할 것이라고 누가 상상이나 했겠는가!

하나님의 다른 계획
(생명수)

생명수교회가 개척된 방법도 계획과는 전혀 다른 것이었다. 2002년 당시에는 생명수교회를 개척하려는 계획이 없었다. 데주메 교회 현지 사역자를 세우기 위해서 '비쉬와스 초글레' 전도사를 우리 팀에 영입시켜 제자훈련을 마친 후 데주메 교회에 보냈다.

전도의 열정도 있고 치유의 은사도 있어서 좋은 사역을 할 것을 기대하며 보낸 것이다. 그런데 데주메 교회 성도들은 초글레 전도사를 못마땅하게 생각하였다. 성찬을 집례하고 생일이나 결혼식을 집례해 줄 목사를 원했는데 초글레는 아직 안수도 받지 않은 전도사였고 그들이 원하는 행사보다는 새 신자에 관심이 더 많다는 이유에서이다.

데주메 교회 성도들은 그야말로 전도나 성장에는 별 관심이 없고 자기들의 종교 생활과 가족들의 대소사를 잘 챙겨 줄 목사를 원했던 것이다. 하지만 우리 KMCPT 팀은 전도와 교회 개척에 더 관심이 많았기 때문에 결국 데주메 교회와 결별하게 된다.

데주메 교회가 초글레 전도사를 원치 않았기 때문에 우리는 초글레 전도사를 통해서 푸네 시내에 새로운 교회를 개척하는 계획을 세우게 되었다. 이미 개척되어 있던 푸른목장교회(와노와리 지역)와 백향목교회(카트라지)의 중간 지점 '콘드와' 지역을 타겟으로 장소를 물색했다. 그 후 작은 단독 주택 하나를 임대할 수 있었고 그곳에서 교회 개척을 시작하였다.

초글레 전도사의 열정과 은사를 주님께서 사용하셔서 얼마 지나지 않아 생명수교회가 개척되게 되었다. 2년이 지나지 않아 세례자가 나오기 시작했고 50여 명의 정기 출석자가 생기게 되었다. 데주메 교회는 3년이 지나도 동일한 인원이 모이고 있었지만, 생명수교회는 2년 만에 데주메 교회보다 출석 교인이 두 배에 가까운 교회가 되어버렸다. 그 후 그 지역에서 원룸 4개를 나란히 구입하여 그 집을 터서 사택과 교회로 사용하면서 교회는 더 성장하게 된다.

하나님의 나라 관점에서 볼 때 초글레 전도사가 데주메 전도사로 가지 않고 새로운 교회를 개척한 것이 얼마나 잘 된 것인지 모른다. 초글레 전도사를 통해 새로운 교회가 하나 더 생긴 것이다. 여기에서 우리가 배울 수 있는 것은 '교회의 비전'이 참 중요하다는 것이다. 교회를 단지 자기 가족들의 종교 터전으로 생각하는 교회와 전도와 영혼구원에 목표를 둔 교회가 어떻게 성장하는지를 잘 보여주는 예이다.

어쨌든 데주메 교회가 초글레 전도사를 받아들이지 않은 덕분에 '생명수교회'라는 한 교회가 새롭게 탄생하게 되었다.

약속의 도시 방문
(솔라포)

인도에 들어간 지 3년이 지나서 가족들과 솔라포를 방문했다. 솔라포는 내가 트럭팀 사역을 할 때 베이스로 사용한 교회가 있는 도시였고, 1991년 인도를 떠나올 때 마하라슈트라로 다시 들어오겠다고 서원한 장소이다. 내게는 '벧엘'과 같은 도시이다.

솔라포에 도착해 가장 먼저 찾은 곳은 팀 베이스로 사용하며 하나님께 다시 돌아오겠다고 서원 기도한 '솔라포 CNI(Church of North India) 교회'였다. 12년이 지난 그 시점에도 아직 건축 공사는 완공되지 않고 있었다. 하지만 9년 전 담임을 하셨던 은퇴 목사님을 만나 이야기할 수 있었다. 자기 사역의 가장 큰 적은 '모슬렘'이었다고 한 말씀이 가슴에 남았다. 그리고 그 교회 사찰 집사님으로 섬기던 분은 12년이 지난 그때도 그 교회에 사찰로 섬기고 계셨는데 나를 기타 치면서 찬양하던 한국 청년으로 기억하고 있었다.

이 도시에 교회 개척을 시작한 것은 2004년 경이다. 비루 와그마레 목사님을 개척자로 세우고 '올리브교회'를 시작했지만 10명 미만의 사람들이 모여서 기도하는 수준이었다. 사랑의교회 의료팀이 2004년 솔라포를 방문하면서 전도의 문이 열리기 시작했다. 그리고 2006년부터는 오·엠 단기 선교사들이 솔라포로 들어와 주일학교를 도우면서 사역은 폭발적으로 성장하기 시작한다.

2004년 9월, 올리브교회 개척 초기에 있었던 텐트 집회 사건에 대해 나누고자 한다. 2004년 여름부터 사랑의교회 의료팀이 본격적으로 KMCPT에 들어오기 시작했는데, 첫 개척지가 솔라포 올리브교회 지역이었다. 당시 일곱 명의 소수 팀이 방문했지만, 이들은 나중에 인도 의료팀의 중추적인 멤버들이 되었다. 그중에는 한태희, 김창욱 의사 선생님, 정순례 간호사, 양애선, 이영희 약사가 있었다. 이들의 의료 봉사 이후 교회 주변 사람들이 복음에 문을 열기 시작했다.

그래서 의료팀이 돌아간 후 이웃 사람들을 초청해 전도집회를 하기로 마음먹었다. 교회 앞 공터에 텐트를 치고 의자를 배열하고 3일 집회 일정으로 사람들을 초청했다. 첫날부터 어른 120여 명 어린이 80여 명이 참석했다. 전도집회가 무르익어가고 있던 둘째 날 오후에 힌두 과격단체 '쉬부센나' 당원들 여러 명이 들이닥쳐 마이크를 뺏고 설교하는 나를 강단에서 끌어내리면서 우리 집회를 중지시켰다.

가장 큰 이유는 첫째 날 인형극에서 모든 우상은 참 신이 아니라고 설교한 내용을 트집 잡은 것이다. 그 집회 기간은 힌두 '게네쉬' 축제 기간이었는데 자신들의 신을 모욕했다는 것이었다. 무르익던 집회가 강제 저지를 당하니 분하고 억울했지만, 어린아이들과 자매 선교사들도 많았던 집회라서 더 이상의 충돌을 피하기 위하여 집회를 포기할 수밖에 없었다. 당시에는 억울했지만, 시간이 지나면서 주님께서 승리하셨음을 보여주셨다.

그 집회를 방해한 주범이 나중에 솔라포 시장의 비서가 되었는데 7년 정도가 지난 2011년경에 나에게 와서 무릎을 꿇고 축복 기도를 해달라고 한 것이다. 2010년부터 솔라포 성시화 운동을 위해 시장님을 포함한 6명의 중요한 정치인, 행정관, 의사를 한국에 모시고 간 적이 있었는데(포항시 성시화 운동과 연결) 그 방문 이후 솔라포시는 우리 사역에 적극적인 지원을 아끼지 않았고 심지어 러브 마하라슈트라 선교대회에 시 강당을 빌려주기도 했기 때문이다. 시장 비서로 있던 그는 나에게 축복 기도와 딸의 취업을 부탁하기도 했는데 결과적으로는 그때 방해꾼으로 몰려왔던 무리는 그 지역을 다 떠나게 되었고 올리브교회는 2009년 예배당을 건축하여 그곳에 복음의 방주로 우뚝 서 있다.

또 하나 흥미로운 사건은 당시 단기 선교사 중에는 1년 준 단기로 헌신하여 들어온 이준호라는 청년이 있었는데, 이 사건을 경험하면서 평생을 선교에 헌신하기로 서원하기에 이르렀고 이후 성결교 목사가 되어

지금은 일본 선교사로 섬기고 있다. 마귀는 자기 수하에 있는 사람들을 충동해 교회가 서지 못하도록 방해하지만, 시간이 지나보면 그곳에는 방해꾼은 다 떠나고 교회만 남아 있는 것을 보게 된다.

'내가 이 반석 위에 내 교회를 세우리니 음부의 권세가 이기지 못하리라.'(마태복음 16:18)

우드기르 형제들

나투르(Natur)는 내가 트럭팀으로 일할 때 마하라슈트라가 복음의 추수 밭이라고 알게 해 준 도시였다. 솔라포에서 약 123킬로 떨어진 도시로서 자동차로 4시간 정도 걸리는 거리이다. 초기 5년 사역 기간에 나에게 '마하라슈트라의 꿈'을 준 나투르까지 교회를 확장하고 싶은 마음이 있었다.

그러던 중에 정탐 여행을 통해 나투르 군에 속한 우드기르(Udgir)라는 마을에서 사역하는 와그마레 형제들을 만나게 된다. 와그마레 네 형제는 아버지의 극적인 병 치유를 통해 예수를 믿고 사역에 헌신한 자들이다. 나는 이들과 함께 우드기르 지역 교회 개척을 돕기로 하였다.

그래서 2003년 소망교회 대학부 팀을 비롯해 사랑의교회 의료팀을 그곳에 초청해 전도의 문을 넓혀갔다. 그 당시에는 여름 단기 팀이나 오·엠 단기 선교사들과 그 지역 마을에 들어가 전도집회를 할 수 있었기 때문에 많은 사람들에게 복음을 전할 수 있었다. 그 결과 3년이 지난 후 그 지역에 세 개의 교회와 두 개의 예배 처소를 세울 수 있었다.

큰 형 '비쉬와스 와그마레' 목사님이 개척한 '사랑(Love)'교회가 우드 기르 마을에 위치하고 있었고, 둘째 '뿌라부 와그마레'는 자기 마을에 있는 집 옆에 작은 교회를 짓고 예배를 드렸다. 뿌라부는 농사를 지으며 교회를 섬겼다. 넷째 '우마칸트 와그마레'는 우드기르 근교에 성경 훈련 학교 겸 교회를 활발하게 운영하였다. 그 외 비쉬와스 사위와 제자 한 명이 두 개의 예배 처소를 개척한 것이다. 셋째인 '비루 와그마레'는 솔라포로 와서 올리브교회 개척을 시작하게 된다.

초창기 KMCPT 팀에 참여해 사역한 사람들은 우드기르에 대한 많은 기억을 가지고 있을 것이다. 그 지역에는 깔끔한 호텔이 없어서 숙소에서 이가 나오거나 샤워장 창문이 깨어져 있어 자매들이 충격받은 에피소드 가 많다. 가끔은 화장실 대신에 들판에서 별을 보며 볼일을 보기도 했던 곳이다. 한편으로는 그런 문명이 없던 곳이라 전도에 방해받지 않았던 이점이 있었다. 핸드폰이 없던 시절이라 마을 사람들을 초청해서 마음껏 복음을 전하고 영접 기도를 시킨 후에 치유 기도까지 해 주고(심지어 마을 농사의 풍년이나 가축들을 위한 기도) 그 마을을 떠날 수 있었다.

하지만 핸드폰이 생긴 후에는 우리가 집회하려고 하면 마을에 있는 힌두 당원이 과격 힌두교 단체에 연락해서 집회 중 들이닥치기 때문에 '마을 전도'가 점점 어려워지게 되었다. 그 당시 마을 집회가 뜨거울 때는 사람들이 너무 많이 몰려와 설교할 공간이 없어서 담장 위에 올라서서 설교한 적도 있었다. 사람들도 나무에 올라가거나 담장이나 지붕에 올라가 설교를 듣기도 했다. 우드기르의 하늘은 너무 맑았기 때문에 밤에 쏟아질 것 같은 별을 바라보며 찬양을 하던 때가 생각난다.

우드기르 전도

우드기르는 푸네에서 9시간 정도 운전하여 갈 수 있는 거리였기 때문에 초창기 30대 열정으로 그곳을 오가면 그런 사역을 감당할 수 있었던 것 같다. 이렇게 동역했던 우드기르 사역은 2010년경 모두 KMCPT에서 독립을 시켜 자체적으로 사역하도록 했고, 지금은 최소한의 협력과 기도로 서로 교제하고 있다.

황무지에서 자라난 나무

자립을 위한 고민

인도에서 교회 개척을 하면서 항상 고민했고, 지금도 고민을 하는 부분이 교회의 경제적인 자립이다. 우리가 복음을 전하고 교회를 세운 대상은 대부분 마라티 저소득층 사람들이기 때문에 교회의 경제적인 자립이 어렵고 심지어 목회자들의 생활비를 지급하기도 어려울 지경이다.

이런 상황이다가 보니 교회가 헌금해서 교회를 운영하거나 교회 건물을 짓기는 참으로 힘든 상황이다. 그래서 어떻게 하면 교회가 개척한 후 5년에서 10년 사이에 경제적인 자립을 이룰 수 있을까? 고민을 많이 했다. 그리고 선교사가 인도 사역자들에게 언제까지 월급을 주어야 하며 어떤 수준의 지원을 해야 하는가? 고민을 항상 하게 된다.

인도에서 선교하다가 보면 사역자들의 사역비 외에도 일반 성도들이나 심지어 이웃들이 나에게 와서 도와달라고 하는 경우가 많다. 그럴 때마다 항상 고민하게 된다. 이들에게 자립심도 심어주어야 하고 이들의 필요를 도와주기도 해야 하는데 그 균형을 정하기가 쉽지 않기 때문이다. 그래서 어떤 원칙을 가지고 도울 것인가를 정하는 것이 인도 선교에 중요한 부분이 된다.

어떤 성도들은 자기 집 지붕에 물이 샌다고 지붕 수리를 도와 달라고 한다. 어떤 성도는 자기 아들의 릭샤(오토바이 택시)가 고장 났다고 수리비를 빌려 달라고 한다. 인도 사람들은 주로 도움을 청할 때 빌려주면 갚겠다고 말을 한다. 하지만 그 돈을 빌려 가서 갚는 사람은 거의 없다고 보면 된다. 그냥 달라고 하기가 미안해서 하는 말이라고 생각하면 된다. 어떤 경우는 가족이 병들어 도움을 요청하기도 하고 자녀 학비를 요청하기도 한다.

나는 지난 22년 동안 인도 선교를 하면서 이와 같은 도움 요청을 수천 번 받았다. 여기에서 이런 고민을 하게 된다. 빵과 복음 중에 무엇을 먼저 주어야 하나? 물론 복음이 우선이다. 하지만 배고픈 이들에게 빵을 주지 않고는 복음을 전하기 쉽지 않다. 나는 지금까지 수천 건의 도움을 주기도 하고 도움을 거절하기도 했는데 아직도 이런 결정은 쉽지 않다.

이런 문제를 잘 해결하지 않으면 사역의 큰 스트레스로 작용하여 선교사가 탈진하는 원인이 될 수 있다. 사역자들의 끊임없는 요구로 지쳐서 가슴이 터칠 것 같은 스트레스를 받는다. 그때마다 수영으로 그 스트레스를 풀지 않았다면 지난 22년을 견딜 수 없었을 것이다. 너무 심할 때는 주님께 이런 하소연도 했다.

"주님! 나는 언제까지 이들의 뒷바라지를 해야 하나요?"

그러나 조금 시간이 지나면 이들에 대한 긍휼의 마음이 다시 살아난
다. 하지만 반대로 생각해 보면 이렇게 많은 사람을 돕고 마음껏 줄 수
있으니 얼마나 감사한 일인가? 내 생애에 언제 이렇게 많은 사람에게
베풀 기회가 있었던가? 감사하고 섬기면 항상 행복한 것이다.

6장

안식년과
전략수립

내가 어려서부터 늙기까지
의인이 버림을 당하거나
그의 자손이 걸식함을 보지 못하였도다

(시편 37:25)

첫 안식년

2005년에 첫 안식년을 가지게 되었다. 첫 5년 사역에 진액을 쏟은 탓인지 한번은 목욕탕에서 쓰러져 의식을 잃는가 하면, 귀국하는 비행기 안에서 혈압이 떨어져 혼수상태에 빠지기도 했다.

첫 안식년은 우리 가족에게 쉼과 충전이 되는 좋은 시간이었다. 우리는 하나님의 은혜로 첫 안식년을 미국 캘리포니아 주에서 보내게 되었데, 나는 풀러 신학교에서 선교학 공부를 하면서 안식년을 보낼 수 있었다. 주님의 도우심으로 선교학 D.Min 과정에 허입이 되었고 미국 비자도 받게 되었다. 그리고 학교에서 멀지 않은 파사데나에 선교사들을 위한 숙소도 사용할 수 있게 되었고, 아이들 학교도 허입이 되어 6학년 4학년을 다닐 수 있게 되었다. 재정적인 부담이 조금 있었지만, 안식년을 위해 가족들이 학비를 후원해 주었고 그동안 모아둔 적금도 사용하니 큰 어려움 없이 안식년을 보낼 수 있었다.

안식년 기간에 개인적으로 가장 좋았던 것은 그동안 선교에 대한 궁

금증을 가졌던 여러 문제들을(자립의 문제, 건강한 토착교회 세우기) 강의나 독서를 통해 공부할 수 있었던 점이다. 이 부분에 대해서는 다음 장에서 자세히 설명하려고 한다. 내 인생에서 가장 재미있는 공부를 했던 시간이었다.

요한이와 수빈이도 미국 공립 초등학교에서 공부하면서 공장이나 유적지 같은 곳을 탐방한 것이 유익했던 것 같다. '다니엘 웹스트 초등학교'는 공립학교인데 백인이나 흑인 학생들보다 알미니안 학생들이 많았던 것 같다. 선생님들도 친절하게 아이들을 대해 주어서 좋은 1년을 보냈다.

그리고 가족끼리 주말이나 방학 기간에 차를 타고 캘리포니아 지역과 가까운 중부지역까지 여행할 수 있어 좋았다. 디즈니랜드, 요세미티, 그랜드 캐니언, 라스베이거스, 샌프란시스코, 샌디에이고 등을 방문하였는데 사진도 많이 찍고 가족들의 추억을 많이 만든 시간이었다. 여행 중에 두 명의 친구 목사도 만나는 기쁨도 있었다.

또한, 안식년 중에 미국의 소위 유명하다는 교회를 많이 방문했고 교회를 배우는 좋은 시간을 가졌다. 그리고 '쉴만한물가교회'라는 한인교회도 섬겼다. 미국에 있는 한인교회가 선교사를 바라보는 시각은 두 가지였다. 하나는 선교사들이 미국에 들어와 선교지로 돌아가지 않고 눌러앉지는 않을까? 하는 의심의 눈초리와 다른 하나는 선교지로 다시 돌아갈 선교사임이 확인되면 그때부터는 선교사를 정성을 다해 섬긴다는 것이다. 우리 가족도 처음에는 검증의 시간이 조금 필요했지만, 진의를 헤아린 후에는 많이 사랑해 주셨다. 우리 가족은 미국이 인도보다 좋다고 생각한 적이 없고 항상 다시 돌아갈 인도를 그리며 생활했다.

'쉴만한물가교회'는 남미 파라과이 이민자들이 많았던 교회였는데 참으로 따뜻한 성도들이 많았다. 내가 2011년 풀러 신학교를 졸업할 때까지 가끔 미국을 방문해 강의도 듣고 논문도 썼는데 그때마다 이 교회 조동연 장로님은 숙소와 차량을 제공해 주면서 도움을 주셨다.

미국에서의 첫 안식년은 우리 가족이 충전하고 선교의 새로운 방향을 잡는 데 큰 도움이 되었다. 가족들이 푹 쉬면서 많이 여행할 수 있었던 시간이었다. 선교 여정 가운데 항상 함께하시고 도우시는 주님을 찬양 드린다.

미국 안식년

안식년과 자녀 교육

요한이와 수빈이가 인도에 들어가 처음 다닌 초등학교는 전교생이 15명 정도 되는 작은 학교(선교사들이 자녀들을 위해 세운 국제학교)였다. 그래서 그랬던지 미국 공립학교에 처음 다닐 때는 적응이 필요했다. 미국 학교는 부모들이 차로 학교에 태워주고 태워가는 것을 철저히 해야 하고 아이들이 걸어서 학교에 다닐 수 없다. 유괴와 같은 위험을 막기 위한 법인 것 같다. 그리고 아이들을 집에 홀로 두거나 체벌을 하면 부모가 바로 경찰에 잡혀가게 된다.

입학 첫날 나는 요한이와 수빈이를 학교에 태워주고 게시판을 보고 자기 반으로 찾아가라고 한 후에 집으로 돌아왔다. 돌아오면서 수빈이가 반을 제대로 찾아갔는지 궁금해서 다시 학교로 가 보았다. 아니나 다를까 수빈이가 자기 반을 찾지 못하고 게시판 앞에서 울고 있는 것이었다. 수빈이는 어디에 가야 할지 몰라서 집으로 오려고 하다가 다시 학교로 가서 게시판 앞에서 울고 있었다. 다행히 내가 그 시간에 잘 도착해 수빈이의 반을 찾아 담임선생님께 데려다주었다. 그때 놀람과 충격을 수빈이는 지금도 기억할 정도로 혼란스러웠던 시간이었다. 하지만 수빈이는 점점 적응을 잘하였고 성적도 꾸준히 올라서 1년의 공부를 잘 마무리할 수 있었다.

요한이가 인도 학교에서 처음 공부를 시작할 때 낯설고 서먹했던지 학교 가는 것을 힘들어했다. 그래서 내가 몇 달간 학교를 같이 다니며 수업 시간에 뒷자리에 앉아서 시간을 보내준 적이 있었다. 하지만 미국 학교에 와서는 금방 적응을 하여 친구도 사귀고 공부도 재미있게 하였다.

선교 사역을 할 때 선교사들은 자녀들에게 미안한 마음을 가지고 교육하는 경우가 많다. 부모는 선교의 부르심을 받아 고생해도 좋지만, 자녀들이 고생하는 것은 보기 힘든 것이 부모의 마음이기 때문이다. 하지만 나는 개인적으로 선교지에서 공부하는 자녀들이 한국이나 다른 좋은 교육 환경에서 공부하는 아이들 못지않게 다양한 교육의 기회를 가진다고 생각한다. 타문화, 외국어 교육은 기본이고 선교지에서 인성 교육과 신앙 교육이 이루어지기 때문이다.

우리 아이들은 어릴 적부터 한국에서 단기 선교사로 온 여러 명의 삼촌 이모들과 같이 살면서 인성이 자랐다. 그리고 학교에서는 다양한 국적의 선교사 자녀들과 친구가 되었다. 물론 인도 학교에서 공부했으니 여러 명의 힌두, 모슬렘 친구들과 깊은 우정을 나누었다. 이들은 청소년

때부터 주입된 부모님의 신앙이 아닌 다른 종교 안에서 기독교만이 가지는 복음의 유일성을 찾지 않을 수 없다. 물론 이 과정에서 시간이 많이 걸리는 아이들도 있지만, 이것은 모든 청소년이 자신의 신앙을 확립하기 위해 거쳐야 하는 필수 과정이다. 한마디로 말하면 신앙의 온실에서 복음을 듣는 것이 아니라 다양한 종교의 들판에서 자신의 신앙을 찾아야 하는 훈련을 받게 된다.

교육적인 면에서도 선교사 자녀들에게 혜택을 주는 미션 스쿨이 많고 한국 대학도 외국인 특별전형의 혜택을 주기 때문에 자연스럽게 좋은 기회를 얻을 수 있다. 따라서 후배 선교사 중에 혹시 자녀 교육 때문에 선교를 고민하는 사람이 있다면 이런 점을 염두에 두고 도전해 보길 바란다. 우리 집 아들 요한이와 딸 수빈이는 푸네에 있는 작은 선교사 자녀 학교(임마누엘 미션 스쿨) 다녔고, 안식년을 다녀와 중학교는 현지 영어 학교 림스 중학교(RIMS School) 다녔다. 그리고 고등학교는 머수리에 있는 우드스톡 고등학교에 다녔는데 이 학교는 150년 전에 선교사들이 세운 학교이다. 이 학교는 선교사 자녀들에게 학비 감면 혜택을 주었다.

고등학교를 인도에서 졸업한 후에 요한이는 캐나다 맥길 대학에 입학하여 졸업했고, 딸 수빈이는 이화여대 건축학과에 특별전형으로 입학하여 졸업했다. 현재 요한이는 세계 백신 기구(GAVI)에서 일하고 있고 수빈이는 건축 설계사로 일하고 있다. 이들은 인도에서 선교사 자녀로 공부하면서 다양한 언어와 문화를 경험한 것과 여러 국적의 친구를 사귈 수 있었던 것에 대해 감사하게 생각하고 있다. 자녀 교육도 내가 하나님의 일에 집중할 때 하나님께서 책임져 주시는 부분이다. 내가 인도에 장기로 들어갈 때 하나님이 '자녀 교육'에 대해 주신 약속의 말씀이다.

'내가 어려서부터 늙기까지 의인이 버림을 당하거나 그의 자손이 걸식함을 보지 못하였도다. 그는 종일토록 은혜를 베풀고 꾸어 주니 그의 자손이 복을 받는도다.'(시편 37:25-26)

안식년과
사역지 관리

여러분은 안식년 기간에 인도 사역지는 어떻게 되는지 궁금해할 것이다. 많은 선교사는 안식년을 가지고 싶지만, 조건이 맞지 않아 안식년을 갖지 못하는 경우가 많다. 안식년을 가지기 위해서는 먼저 현재까지 진행해 오던 사역을 대신 맡아 줄 사람이 필요하다. 그리고 안식년에 머물 숙소와 이동에 따른 추가적인 경비가 필요하다. 만약 외국에서 공부하게 된다면 그 나라에 입국하기 위한 비자도 필요하고 자녀들이 공부할 학교도 필요하다. 이런 조건들을 갖추기 위해서는 안식년을 위해 기도와 준비가 필요하다.

건강이나 사역적인 면에서 2005년에 안식년이 꼭 필요했다. 그래서 그런지 필요조건들이 순조롭게 채워졌다. 풀러 입학과 미국 비자가 순조롭게 나왔고 아이들 학교 입학도 어렵지 않게 진행되었다. 무엇보다 가족이 살 숙소가 잘 정해져서 큰 비용을 들이지 않고 미국에서 일 년을 보낼 수 있었다.

우리가 머문 선교관은 파사데나 알렌 거리에 있는 'Providence

Mission Homes'이라는 작은 아파트였는데 14개의 집이 있고 안식년을 맞은 여러 국적의 선교사들이 사는 곳이다. 당시 우리는 방 두 개와 부엌 거실 화장실이 있는 14번 집에 살았는데 약 800불 정도에 집세와 유지비가 포함된 것으로 기억이 난다. 당시 그 지역에서 방 두 개인 집을 얻으려면 월 1,500불 정도 들었으니 거의 반값으로 그 집에 머문 셈이다.

인도 사역지도 감사하게도 당시 오·엠 단기, 준단기 선교사가 7명이 우리 사역지에 와 있어서, 그중 고참 선교사였던 박선희 선교사에게 책임을 맡겼고 현지인 사역자들과 협력해서 사역을 잘 이끌어 주었다. 덕분에 편안히 미국에서 공부하며 안식년을 보낼 수 있었다. 물론 중요한 시기 두 번(의료팀 사역과 성탄 행사)은 인도에 입국해 사역을 이끌어 주었다.

20년의 사역 중 가족들과 안식년을 제대로 보낸 것은 2005년 안식년이 유일했다. 그 후에는 안식년을 가지려고 해도 자녀들의 학교 문제도 있었고 사역이 너무 많아지면서 사역지를 비울 수가 없었다. 그래서 2010년 2015년 2020년 안식년은 가지지 않고, 2010년경에 박사 학위 소논문과 졸업논문을 쓰기 위해 3개월씩 나누어 사용하였다. 덕분에 2011년 논문을 완성해 학위를 받을 수 있었다.

2015년 안식년은 베트남을 오가며 처음에는 언어를 배우고 문화를 배우는 시간이라 안식년을 따로 가질 필요가 없었다. 2020년 안식년은 코로나로 나오지 못하고 있다가 2022년 입국해 책을 쓰는 좋은 기회가 되었다. 지난 22년을 뒤돌아보면 사역과 안식년이 잘 병행되게 사용된 것 같아 감사한 마음이다.

우리의 몸과 지혜는 한계를 가지고 있으므로 적절한 안식년은 사역에 큰 도움을 준다. 너무 무리하게 쉬지 않고 일하는 것도 지혜롭지 못하며 사역은 별로 하지 않으면서 자주 안식년을 가지는 것도 눈살을 찌푸리게 한다. 하지만 후원교회 눈치가 보여서 꼭 쉬어야 하는데 무리하게 안식년을 미루지는 말기 바란다. 선교사의 필요는 본인 자신이 가장 잘 알기 때문이다.

이 글은 읽은 모든 선교사님이 영적 전투장인 선교지에서 건강하게 승리하시길 기원한다.

이론과 실제 적용

선교학을 공부하면서 선교 이론이 나의 선교현장에 도움을 줄 수 있는지를 적용하는 시간이 6년 정도 걸린 것 같다. 공부를 시작하여 졸업하기까지 총 7년 걸렸는데 그 이유는 내가 배운 이론을 실제로 사역에 적용하여 평가해 보는 시간이 필요했기 때문이다.

논문을 마무리하면서 10가지 사역의 적용점을 정리해 보았는데 그중에서 가장 핵심적은 부분 세 가지를 좀 나누고자 한다. 그 세 가지는 성경 중심 정책, 전도와 재생산 그리고 변혁의 선교이다.

성경 중심 정책을 사용한 이유는 네비우스의 3자 이론, 즉 자립, 자치, 자전 이론의 핵심이 재정적인 문제가 아니라 '성경 중심'의 생활을 하면 해결된다는 곽안련(Charles A Clark) 박사의 탁월한 통찰력 때문이다. 성경의 가르침대로 십일조하고 감사 헌금하면 아무리 가난한 나라 교회라도 자립이 가능한 것이다. 나는 여기에 깊이 동의하고 자립의 해결책을 재정적인 훈련보다 '성경 중심 정책'에서 찾으려 한 것이다.

그래서 2007년부터 여러 교회에 이 정책을 강조하기 시작했는데 예를 들면, 2007년 푸른목장교회 전교인 '믿음의 기초 6주 훈련', 푸네 연합 말씀사경회(가정을 주제로) 솔라포 연합 말씀사경회, 좋은나무교회 '말씀사경회' 여행 등이 그것이다. 말씀을 제대로 가르치고 그 말씀에 순종한다면 우리 교회는 자립, 자치, 자전하는 건강한 토착교회가 될 수 있다고 믿었기 때문이다. 그 후 구약성경 구원시리즈 성경공부 교재를 내가 직접 만들어서 창세기부터 말라기서까지 3권의 책(영어-마라티어)으로 출판하여 사역자들을 통해 모든 교회가 가르치기 시작했다. 이런 말씀 중심 사역은 KMCPT 사역의 핵심이 되었다.

두 번째는 재생산하는 교회 개척이다. 적용한 사례를 간단히 정리해 보면, 백향목교회가 2006년 잣나무교회를 개척할 때 목사 아브람을 파송해 주었고, 생명수교회가 푸네 우파르나가와 운드리 지역에 두 개의 예배 처소를 개척한 것이다. 그리고 뭄바이 위라르에 새로운 교회를 개척했다. 생명수교회 출신 사친 전도사가 오스마나바드 좋은나무교회를 개척했고, 푸른목장교회 10주년 기념 예배 때 M.P주에 두 개의 교회를 개척하기 위한 파송식을 가졌다.

올리브교회는 아칼콧 로뎀나무교회를 개척한 나게쉬 전도사를 키웠고, 잣나무교회는 조빠르 빠띠에 한 예배 처소를 개척했다. 좋은나무교회는 무화과나무 교회를 개척했고 로호라에도 새로운 교회를 개척했다. 하사랑교회는 케즈에 예배 처소를 개척했고 세 개의 마을에 주일학

황무지에서 자라난 나무

교를 개척했다. 이것이 '재생산하는 교회 개척'을 강조하면서 우리 팀에 적용된 실제적인 변화이다.

세 번째 '변혁의 교회 개척'은 7장에서 나오는 'Felt Need Mission'과 '도시 변혁을 염두에 둔 교회 개척'에 잘 설명하고 있다.

정리해 본다면 안식년을 통한 선교학 공부는 KMCPT 사역의 방향을 잡고 나아가는 데 큰 도움을 주었다. 이런 정책들을 현장에서 실제로 적용해 보니 좋은 열매를 거두는 많은 유익을 얻었다. 하지만 그 진행 과정에서 생각지도 못한 변수들이 나타났다. 마귀의 공격이 이런 사역을 힘차게 해 나가는 가운데 걸림돌로 작용한 것이다. 내가 생각하지 못한 변수였다.

예를 들면, 우리 팀의 가장 핵심 사역자를 마귀가 성적 범죄에 빠지게 했고, 재생산 개척을 가장 잘하던 좋은나무교회 전도사가 죄에 빠져서 치리를 받는 일이 일어났다. 하사랑교회 사역자에게도 비슷한 사건이 생기면서 우리의 사역은 큰 침체기를 맞이하게 되었다. 하나님의 도우심 없이 선교 이론과 전략만 가지고 성공하는 것은 아니다.

영적 전쟁 중에서 항상 염두에 두어야 하는 적과의 싸움에서 이기지 못하면 이런 좋은 정책들도 효과를 내지 못한다는 사실이다. 이런 힘든 과정을 거치면서 고백하게 되는 것은 '선교는 하나님이 하시지 않으면 불가능한 일'이라는 것을 철저히 배우게 되었다.

7장

나무들이 자라 숲으로

이는 모든 씨보다 작은 것이로되

자란 후에는 풀보다 커서 나무가 되매

공중의 새들이 와서 그 가지에 깃들이느니라

(마태복음 13:32)

성장보다 개척

안식년을 다녀와서 푸네에 개척한 세 교회를 더 성장시킬 것인가? 아니면 마하라슈트라 내륙으로 들어가서 새로운 교회를 개척할 것인가? 이 질문에 대한 답을 해야 했었다. 안식년 기간에 공부하면서 내 마음에 와 닿은 두 가지 가르침이 있었다. 하나는 '선교사는 목회자가 아니다.' 한 교회를 목회하는 자가 아니라 계속 새로운 교회를 개척하는 자이다. 둘째는 선교학자가 말한 '새로운 교회를 개척하는 것이 이미 개척된 교회를 성장시키는 것보다 더 효과적인 교회 성장을 가져온다'는 것이다.

생각해 보면 성경의 바울도 그렇게 하지 않았는가? 바울은 한 교회에 머물면서 목회하는 것보다 새로운 나라와 도시에 교회를 계속 개척했다. 바울이 최장으로 머문 고린도 교회나 에베소 교회를 보아도 3년을 넘기지 않았다.

그래서 안식년 후 제2기 5년간의 사역은 솔라포를 중심으로 하는 새로운 교회 개척으로 전략을 세웠다. 솔라포는 푸네에서 남동부로 250 킬로 정도 떨어진 백만 정도의 인구를 가진 도시이다. 내가 마하라슈트라에 다시 돌아오겠다고 서원한 도시이기도 하다. 당시 우리 팀에는 한국 오·엠에서 보내준 8명의 단기 선교사가 동역하고 있었기 때문에 푸네와 솔라포팀을 나누어 사역할 수 있었다.

이미 개척된 푸네 백향목교회는 아브람이, 푸른목장교회는 실라가, 생명수교회는 비쉬와스가 맡았고 한국인 선교사 팀으로는 아내와 이주연, 김혜현, 황은혜가 남기로 했다. 솔라포 개척 팀에는 황규영, 전종선, 오미현, 정한주, 윤수정이 나와 함께 가기로 결정했다.(2006년 후반에서 2007년 초반 사이) 이렇게 해서 솔라포 교회 개척이 본격화된 것이다.

솔라포 개척 팀은 이미 2004년부터 시작된 올리브교회 주일학교 사역을 집중적으로 지원하였고, 솔라포 사이풀 지역에 있는 조빠르 빠띠 슬럼가를 타깃으로 교회 개척을 시작하였다. 그 결과 올리브교회 주일학교는 급성장하여 3년 후 예배당 건립을 하게 되었고, 사이풀 지역에서는 2007년 6월 24일 '잣나무교회' 첫 예배를 드리게 되는데 이날은 나에게 가장 의미 있는 생일이 되었다. 2008년 솔라포에서 90킬로가량 북쪽에 있는 오스마나바드라는 도시에 '좋은나무교회'가 개척되었고, 2009년 오스마나바드에서 북쪽으로 110킬로 정도에 위치한 비드

(Beed)라는 도시에 '하사랑교회'가 개척된다. 결과적으로 솔라포로 진출하면서 매년 한 개의 교회를 개척하는 확장이 이루어졌다.

2008년 솔라포 사이풀(Saipel) 지역에 약 300평 부지를 구입하여 진광 아카데미를 건립하면서 한국 마라티 교회 개척팀(Korean Marathi Church Planting Team) 교회 개척은 더 탄력을 받게 된다. 소망교회 강창보 장로님이 사장으로 계시던 진광엔지니어링에서 창립자의 유지를 받들어 1억1천만 원을 헌금해 주셨고, 모 교회 권사님이 6천만 원 십일조를 해주셔서 이 센터를 짓게 된다.

신기했던 것은 이 토지를 우리에게 판매한 분이 목사님이었는데 이 땅에 훈련 센터와 교회를 세우기 위해 오랫동안 기도하며 준비해 두신 땅이었다. 우리는 하나님이 주신 이 땅 위에 1층은 잣나무교회 예배당과 세 개의 방을 내었고, 2층은 부엌과 3개의 방을 만들어 선교사 숙소로 사용했다. 1층 방은 모임이나 훈련을 위해 온 사람들이나 단기 선교를 위해 방문한 사람들이 머무는 장소로 활용되었다. 이렇게 선교 센터와 같은 건물이 지어지면서 우리 KMCPT는 솔라포를 중심으로 더 많은 교회 개척을 할 수 있었다.

개척과 확장에는 항상 작은 희생이 따르게 된다. 그 당시 우리 아이들은 푸네에서 학교에 다녔기 때문에 갑자기 학교를 솔라포로 옮길 수는 없어서 엄마와 푸네에 머물며 공부를 하게 된다. 아내와 다른 팀원들은 푸네에 있는 교회들을 섬기며 가끔 우리 솔라포팀을 만났다. 그래서 나와 아내는 한동안 떨어져 월말 부부로 몇 년의 세월을 보내게 되는데 처음에는 부부생활이나 자녀 교육에 어려움을 주지 않을까 염려를 했었다. 하지만 주님께서 우리 가정을 축복해 주시고 아이들을 잘 키워 주셔서 사역의 보람 만큼이나 가정에 대한 감사 제목도 많이 생겼다.

이런 과정들을 경험하면서 내가 후배 선교사들에게 권면하고 싶은 말은 '사역을 위하여 가정을 희생하라고 말하고 싶지는 않지만 어떤 시점에는 복음의 확장을 위해서 내가 약간 희생해야 할 시간도 올 수 있는데, 만약 그런 시간이 온다면 두려워하지 말고 순종하면 다른 문제는 주님께서 해결해 주신다'는 것이다. 희생 없는 도전은 아무 곳에도 존재하지 않는다.

Felt need Mission

푸네 푸른목장교회 개척은 전도를 통한 개척이었기 때문에 영적으로 갈급한 개개인이 예수를 믿고 교회에 나온 케이스(경우)이다. 이런 경우는 성도가 속한 지역이나 마을에 교회가 선한 영향력을 주기가 쉽지 않다. 예를 들면 집단 개종이나 지역 전체의 영적인 변화가 매우 어렵다는 사실을 발견하게 되었다. 그리고 성도들이 교회에 나오는 것도 이웃의 눈치를 보며 다녀야 하는 어려움을 겪게 된다.

따라서 솔로포에서 잣나무교회를 개척할 때는 'Felt need Mission(필요를 채우는 선교)'을 해 보기로 마음을 먹었다. 처음부터 전도하거나 교회를 세우지 않고 먼저 그 지역 사회의 필요를 채우면서 그들의 마음을 얻은 후 복음을 전하는 전략이다. 그래서 우리 팀이 솔라포에 들어간 2006년 7월부터 1년 동안은 그 지역의 필요를 알아 섬기는 일을 하게 된다. 설문 조사를 통해 그들이 가장 필요한 것을 조사해 보니 1) 건강 문제 2) 자녀 교육 3) 경제적 문제 4) 관계 및 영적인 문제 순으로 나왔다.

그래서 우선 2006년 10월 사랑의교회 의료팀을 사이풀 조빠르 빠띠 (슬럼지역)에 초청해 아픈 사람들을 치료해 주는 일을 했다. 그리고 단기 선교사들이 슬럼지역에서 '무료 영어 교실'을 시작하여 이들의 자녀 교육을 도왔다. 이때 더운 날씨에도 불구하고 슬럼가에 들어가서 영어를 가르치던 오미연, 정한주, 이유경, 황규영, 윤수정에게 감사를 드린다. 그리고 십자수 교실(김재옥 팀, 우성혜), 미용 교실(김정희)을 무료로 제공해 주면서 직업에 대한 기회를 얻도록 도왔다. 나중에는 컴퓨터 교실(최선근), 태권도 교실(김성철), 재봉틀 기증까지 범위가 확장된다.

그 후 영어 교실이나 직업 교실에 연결된 사람들을 성탄 행사에 초청을 하였고(2006년 12월) 6개월 후 2007년 6월에 첫 예배를 시작하게 된다. 이런 방법을 통해 얻은 유익은 의료 캠프를 통해 그 지역의 정치 지도자들과 금방 친하게 된 것이 있고, 의료 혜택을 받은 마을 사람들이 우리 팀원들이 슬럼가 안에서 '영어 교실'을 할 때 도움을 주거나 적어도 방해하지 않은 것이다.

우리 팀원들이 '의사 팀'이라는 별명을 가지고 일할 수 있는 유리함이 있었다. 단점으로는 우리가 이들을 돕는 위치에서 시작하였기 때문에 우리에게 많은 물질적인 도움을 요청한다는 것이고 그 문제를 영적으로 적용하기 쉽지 않다는 것이었다. 그런데도 우리가 초청한 첫 예배에는 십자수 교실에 참여했던 다수의 모슬렘 여성들이 교회가 나와서 복

황무지에서 자라난 나무

음을 들었다. 그리고 영어 교실 아이들이 잣나무교회 주일학교 주 멤버가 되었다. 1년 후 우리가 섬기던 조빠르 빠띠 마을에서 조금 거리가 있는 위치(오토바이로 10분 거리)에 잣나무교회를 짓게 되면서 이들의 출석은 점점 줄어들고 교회 주변 사람들이 잣나무교회 주 멤버로 자리를 차지하게 되었다. 하지만 15년이 지난 지금도 그 마을에 '주일학교 모임'과 여성 기도회가 진행 중이고 영아들을 위한 '놀이방'이 운영 중이다.

'Felt need Mission'이 생각한 만큼 지역 사회에 영향을 미쳐 집단 개종의 결과를 낳지는 못했지만, 마을 사람들의 마음 문을 열고 지역 사회에 큰 저항 없이 접근하는 데는 적지 않은 효과를 내었다고 보아야 할 것이다. 물질적인 필요가 채워진다고 이들이 마음을 열고 예수를 믿지는 않는다는 사실을 이 방법을 통해 배우게 되었다. 그런데도 그 지역에 '잣나무교회'를 세우고 진광 아카데미를 건립해 그 지역의 영적인 센터로 자리매김하는 데 도움이 된 것은 사실이다. 이런 접근은 나중에 '솔라포 성시화 운동'과 연결이 되는데 그 결과에 대해서는 다음 내용에서 다루려고 한다.

어린이 사역을 통한
교회 개척

교회 개척의 방법은 다양하지만, 우리 KMCPT가 주로 사용한 방법은 전도를 통한 교회 개척(푸른목장, 생명수)과 필요를 채우는(Felt need) 교회 개척(잣나무) 그리고 주일학교를 통한 교회 개척이다. 주일학교를 통한 교회 개척은 푸네 백향목교회에 사용한 방법인데 솔라포에서는 올리브교회에 적용되었다. 지역에 따라서 복음에 대해 반응하는 대상이 다른데 올리브교회 지역은 유난히 어린 아이들이 복음에 열렬히 반응했기 때문에 자연스럽게 이 방법이 사용되었다.

올리브교회의 주일학교 사역은 오·엠 단기 선교사들이 솔라포로 진출하는 2006년 후반기부터 불이 붙기 시작하는데 아이들이 몰려올 때는 우리가 임대한 한 건물이 터져나갈 정도였고, 예배 후 분반 공부 시간에는 햇빛 가림막도 없는 옥상을 사용해야 할 정도였다. 지금은 그 열기가 예전만 못하지만 15년 전만 해도 인도의 어린이 사역은 한국의 70, 80년대 여름성경학교에 몰려오던 아이들처럼 그 열기가 대단했다. 물론 우리 단기 선교사 중에는 어린이 사역에 잘 훈련된 이광주, 김혜현(백향목 개척) 윤수정, 우성혜, 이유경(올리브 개척) 같은 사역자들이 있었기 때문이기도 했지만 '어린이 사역의 황금 어장'과 같았던 인도의 사역 환경이 성공적인 개척을 도와준 것도 사실이다.

올리브교회를 임대 건물로 사용하던 2006년부터 2008년까지는 집주인과의 기 싸움도 만만치 않았다. 임대료를 성실하게 지급하는데도 불구하고 집주인이 가끔 대문을 자물쇠로 잠그는가 하면 집 안에 짐승의 사료를 쌓아두기도 했다. 우리도 이런 주인의 갑질에 기죽지 않고 대문을 걸어 잠근 날은 주인집 옥상에 모여서 주일학교를 진행하였다. 어떤 방해와 어려움이 있어도 주일학교 예배를 멈추지 않은 것은 우리 팀원들의 강렬한 의지와 모이기를 열망하는 올리브교회 아이들의 열정이 그것을 가능하게 만든 것 같다. 이런 주인의 갑질은 우리가 올리브교회를 빨리 짓고 싶어 하는 열망의 기도로 불타올랐고 그 결과 2009년에 임대 건물에서 멀지 않은 곳에(거러꿀 지역) 90평 용지를 매입하여 예배당과 사택을 건축하게 된다. 이 건축에는 부산 성일교회 두 분의 헌신자가 있었다.

KMCPT 주일학교의 꽃은 '여름성경학교'라고 말할 수 있을 것 같다. 우리는 초창기부터 매년 여름성경학교의 주제를 정하고 설교, 공과 공부, 주제송, 활동과 게임을 자체적으로 만들어 KMCPT 모든 교회에 동일하게 사용하였다. 초창기에는 내가 주제 설교와 공과 공부 교재를 만들고 주제송은 실라와 나무라따가 만들고 활동 자료들은 단기 선교사들이 준비하였다. 하지만 시간이 지날수록 주제송은 수닐이 만들기 시작했고 게임은 아브라함이 준비하기에 이른다.

지금까지 우리 팀이 만든 주제송과 율동을 모으면 좋은 찬양집이 하나 나올 정도이다. 준비가 끝나면 모든 사역자가 푸네에 모여 교사 강습회를 하면서 주제송도 배우고 설교 본문과 공과 공부 복사물 그리고 활동 자료를 받아서 각 교회 성경학교를 준비하게 된다.

성경학교 시작은 푸네 교회부터 시작하여 시골 교회로 3일씩 하게 되는데 같은 날짜의 두 교회가 할 수 있는 자료를 준비하여 마치면 다른 교회로 공동자료를 전달해 주면서 진행하게 되는데 현수막과 주제곡 차트, 설교 자료나 활동 자료를 모두 공유하며 사용한다. 우리 교회 '여름성경학교'가 끝나면 같은 자료를 가지고 난두르바드 교회나 우드기르 교회에 다른 교회를 섬기기도 했다. 이것이 KMCPT가 매년 여름성경학교를 통해 수천 명의 어린이를 섬겼던 노하우이다. 각 교회는 여름성경학교 기간에는 팀에서 간식비를 수령 받아서 준비하고 필요하면 근처 학교나 천막을 쳐서 많은 아이를 수용할 준비를 한다. 물론 때로는 나무 그늘과 같은 자연의 장소가 활용되기도 한다.

KMCPT 교회 안에는 주일학교 사역이 특성화된 백향목, 올리브교회 같은 교회도 있지만, 대부분의 교회가 주일학교 사역을 활발하게 진행하고 있기 때문에 KMCPT 교회 안에는 주일학교 출석률이 평균 800~1,000명에 이른다.

하지만 이들이 모두 성인 교인으로 정착하지는 않고 대략적인 통계에 따르면 20% 정도가 청년 때까지 신앙생활로 연결되다가 10% 정도가 세례를 받고 5% 정도가 교회에 일꾼으로 남게 되는 것 같다. 주일학교 사역은 오랜 시간 동안 인내하여 말씀을 뿌리는 수고를 해야 하지만 끝까지 남는 소수의 멤버들은 말씀에 잘 훈련되어 있기 때문에 교회 안에서 중요한 역할을 하게 되는 것을 볼 수 있다.

도시 변혁을 위한 노력

복음이 들어간 도시는 변화된다. 복음은 한 사람의 인생을 바꾸고 그 변화된 사람들의 삶의 방식을 바꾸기 때문에 다수가 예수를 믿게 되면 그 지역 사회도 바뀌게 된다. 복음이 들어간 예루살렘은 오순절 이후 이전과 달라졌고 빌립이 복음을 전한 사마리아는 더 이상 이전의 사마리아가 아니었다. 안디옥, 빌립보, 고린도, 에베소 모두 복음으로 인해 영적인 소동이 일어났다.

모든 선교사가 꿈꾸며 기도하는 부흥도 이런 영적인 변화가 자신이 섬기는 종족과 마을과 도시에 일어나길 바라는 것이다. 나도 솔라포에 진출하면서 그런 꿈을 꾸며 기도하기 시작했다. 그러던 중에 사랑의교회 선교 담당 유승관 목사님이 루이스 부쉬(Louis Bush)가 주도하는 도시 변혁(Transforming the World) 운동에 나를 초대해 주셨다.

마침 2006년 10월 인도 하이드라바드에서 TW 2006이 개최되었는데 그곳에 참여할 수 있었다. 그 모임에는 포항시 성시화 운동을 주도하신 정장식 전 포항시장이 참여하여 도시 변혁의 모델로 포항시를 소개해 주셨는데, 포항 기독교도들이 연합해서 기도하며 복음화에 힘을 모은 결과 5년 만에 도시범죄율이 30% 낮아지고 기독교 인구는 8% 증가했다는 보고가 나를 크게 감동시켰다. 이런 운동의 결과는 인도네시아와 미국 뉴욕 같은 도시에도 일어나고 있었다.

나는 솔라포시를 위하여 두 가지 전략을 세워 추진하기 시작하였다. 먼저는 솔라포 내에 있는 목회자들의 기도 네트워크를 만드는 것이다. 목회자들이 함께 모여 기도하며 좋은 교제권을 형성할 때 도시 내에 들어오는 이단을 합심하여 대처하고 성탄 행사와 선교대회를 연합해서 주최할 수 있기 때문이다.

2011년 5월 16일부터 20일까지 '미션 마하라슈트라'라는 선교대회를 솔라포에서 개최하였는데 솔라포 기독청년 600여 명이 이 대회에 참여하였고 이 모임을 준비하면서 자연스럽게 솔라포 목회자 기도 모임이 형성되었다. 그러면서 2011년 12월 도시 변혁을 위한 전도 세미나를 이틀간 개최하여 도시를 다니며 복음을 전하는 시간도 가졌고 12월 성탄 연합 행사도 온 교회가 모여서 축하를 하게 되었다.

두 번째 전략은 솔라포 지도자들의 인식 변화를 주기 위하여 시장님과 영향력 있는 행정관, 정치인, 의사 등 6명을 포항시에 초청하여(2010년 6월 23일~29일) 성시화 운동본부의 안내를 받으며 포스텍, 선린병원, 선린 대학, 포항 시청, 포스코를 방문하고 6.25행사에도 참여하였다. 대표단 아리프 시장은 포항시 시장과 부시장을 만나 두 도시 간의 협력 방안을 나누기도 했다. 서울에서는 사랑의교회 예배도 참석하고 소망교회 선교부 임원들을 만나 교제하는 시간도 가졌다.

이들이 한국을 다녀온 후 아리프 시장은 솔라포시 도로 개선에 힘을 쏟았고 메헤쉬 코데 의원은 자신이 운영하는 학교에 재봉틀 100대를 도입하여 가난한 여성들에게 재봉 교실을 열어 직업 교육과 비즈니스 창출에 힘을 썼으며, 아토올레 행정관은 기독교 학교를 통한 도시 변혁에 힘을 실었다. 이 방문 이후 솔라포시는 우리 기독교 모임과 KMCPT 교

포항시 방문

황무지에서 자라난 나무

회 개척 사역에 큰 힘을 보태어 주었는데 예를 들면 2011년 '미션 마하라슈트라 선교대회'를 위해 시청 강당을 제공해 주었으며 마헤쉬 의원은 수련회 식사비를 후원해 주기도 했다. 2013년 2월에는 소망교회 예빛 공연단이 솔라포 시청에서 시청 직원들을 모두 초청해 공연하며 간접적인 복음을 전하는 기회도 가졌다.

도시 변혁 운동은 솔라포에서 아직 진행 중인 미완성 과제이지만 솔라포 목회자 연합 모임이 탄생하면서 솔라포에 들어 온 안상홍 이단과 구원파 이단을 대처하는데 공조할 수 있었고, 12월 성탄 연합 행사와 매달 목회자 기도 모임을 통해 계속 솔라포 성시화를 위해 기도하고 있다.

단기 팀과의 협력을 통한 교회 개척

하나님은 각 사역지마다 적절한 시기에 꼭 필요한 팀을 보내셔서 일하신다. 우리 KMCPT 사역에도 주님께서 초창기부터 지금까지 그런 은혜를 부어 주셨다. 이미 앞에서 설명한 대로 개척 초기에는 '전도 팀'을 약 5년 동안 보내주셨다. 초창기 교회를 세우고 성장시키는 데 꼭 필요한 도움이었다.

전도 훈련을 시켜 파송하면 그들이 가가호호를 방문하여 사람들을 저녁 집회에 초청해 온다. 그러면 복음을 전하고 영접을 시켜 교회에 정착하도록 만든다. 곽명옥 선교사님을 중심으로 한 전도 팀은 초창기 교회 개척에 큰 힘이 되었다. 그 후 교회가 다른 도시로 확장해 나가는 시기에는 하나님께서 의료팀을 보내주셨다. 의료팀 사역은 교회 개척을 시작하기 전에 그 도시의 문빗장을 열고 사람들의 마음 밭을 일구는데 정말 효과적인 팀이다.

사랑의교회 의료팀은 2003년 후반기부터 시작하여 지금까지 15년 동

안 매년 인도를 방문해 의료 사역으로 동역해 주고 있다. 의료팀이 직·
간접적으로 개척에 도움을 준 곳은 올리브교회, 잣나무교회, 오스마나
바드 교회, 로뎀나무교회, 무화과나무교회, 로호라 교회이다. 그리고 교
회가 개척되어 성장하고 있는 시기인 2007년부터는 청년, 대학부 단기
팀을 보내 주셨다. 사랑의교회, 소망교회, 사직동교회 등 매년 여름, 겨
울로 단기 팀들이 방문하여 주일학교와 청년들뿐 아니라 교회 성도들
에게도 큰 격려가 되었다.

2017년부터 방문하기 시작한 호주 단기 팀은 말씀 훈련과 청년 연합

의료팀 사역

수련회를 통해 큰 도움을 주었다. 그리고 지난 2년 동안 코로나 기간에는 단기 팀이 전혀 들어오지 못하는 대신에 헌금으로 '생필품 꾸러미'를 지원해 주셔서 인도 교회의 가난한 성도들과 이웃들 약 2,000가정을 섬길 수 있었다.

지난 20년 사역을 돌아보면 하나님께서 사람을 보내어 일하신다는 것이다. 적절한 타이밍에 꼭 필요한 사람이나 팀이 들어와서 일을 돕는 것이다. 한국에서 일주일 정도 들어와서 돕고 가는 단기 선교팀뿐 아니라, 1~2년 정도 팀에 와서 섬기고 간 오·엠 단기 선교사들을 생각해 보아도 그 타이밍이나 그들의 은사가 절묘할 정도로 정확하다.

지금은 단기 선교사들을 받고 싶어도 비자 때문에 받기 쉽지 않고, 우리 교회 들의 필요를 볼 때도 이전처럼 단기 선교사가 그렇게 절실히 필요하지 않다. 교회들이 어느 정도 자리를 잡아서 스스로 하고 있기 때문이다. 하나님의 타이밍과 사람을 선별하시는 능력은 탁월하다. 지금까지 KMCPT를 다녀간 단기 선교사는 약 56명에 달한다(298페이지 동역자 명단 참조). 각 사람을 한명 한명을 살펴보아도 가장 필요한 시기에 정확히 다녀갔다는 것이다.

하나님은 완전하시며 자기의 교회를 스스로 세워 가신다. 선교사가 일하는 것 같지만 알고 보면 하나님이 전체를 다 보시고 사람들을 보내

황무지에서 자라난 나무

셔서 당신의 교회를 세워가신다. 우리 KMCPT 교회가 바로 그렇게 세워진 교회들이다. 완전하신 지혜로 자신의 교회를 세우시는 하나님을 찬양 드린다.

재생산(자전)을 염두에 둔
교회 개척

선교학 공부를 통해 내 머릿속에 강렬히 남은 것 하나는 자전하는 교회이다. 교회는 개척 초기부터 또 다른 교회를 세울 것을 염두에 두고 시작해야 한다는 말이 내 가슴에 강하게 남았다.

찰스 브록(Chals Brock)은 '재생산이 금방 이루어지는 것은 아니지만, 초창기부터 다른 새로운 교회를 향한 두근거림이 있어야 한다'고 했다. 교회는 시작부터 또 다른 교회를 시작하는 일에 대해 설렘이 있어야 한다는 말이다. 그래서 나도 우리 인도 사역자들에게 이것을 항상 강조하였다. 교회 개척의 목표는 자립에서 그치는 것이 아니라 또 다른 교회를 세우는 것까지 도달해야 한다. 그 덕분에 우리 KMPCT 교회들은 최소한 2~3개 정도의 또 다른 예배 처소를 가지고 있다.

백향목교회는 2006년 잣나무교회 개척을 위해 아브람 목사를 파송해 주었다. 생명수교회 비쉬와스 목사는 푸네 우파르나가와 운드리에 두 개의 예배 처소를 개척하였다. 그리고 2019년에는 뭄바이 위라르 지역에 새로운 교회를 개척하여 관리하고 있다.

그뿐만 아니라 생명수교회 출신 사친 전도사를 오스마나바드에 보내어 좋은나무교회를 개척하도록 도왔다. 푸른목장교회는 2010년 10주년 기념 예배 때 M.P주에 두 개의 교회를 개척하는 파송식을 가졌다. 솔라로 올리브교회는 아칼콧 로뎀나무교회에 나게쉬 전도사를 파송하였고, 잣나무교회는 조빠르 빠띠에 다른 예배 처소를 가지고 있다.

좋은나무교회는 깔람브에 무화과나무교회를 개척했고 나중에는 로호라에도 새로운 교회를 개척하였다. 하사랑교회는 케즈에 새로운 예배 처소를 개척했고 세 개의 마을에 주일학교를 운영 중이다.

이렇듯 우리 KMCPT 교회는 계속 재생산을 거듭하고 있다. 현재 12개의 교회가 있지만, 재생산에 계속 이루어진다면 교회는 계속 늘어나게 될 것이다. 우리 KMCPT는 자립의 차원을 넘어서 재생산 교회로 이미 나아가고 있다. 할렐루야!

마하라슈트라를 넘어서

KMCPT는 5년이 지나 푸네의 경계를 넘어 솔라포로 진출했고, 10년이 지나 마하라슈트라의 경계를 넘어 M.P 주에 교회 개척을 도왔다. 그리고 15년이 지나서는 인도를 넘어 베트남까지 사역을 확장하고 있다. 경계를 넘을 때는 항상 어떤 동기부여가 있으나 어떤 상황의 변화를 주어서 그 경계를 확장하도록 만드신다.

15년이 지나 마하라슈트라의 경계를 넘어야 하는 이유는 두 가지가 있었다. 하나는 인도 교회가 스스로 서야 하는 시점에 도달하여 외국인 선교사의 리더십을 축소시키고 현지인 리더십이 더 강하게 세워져야 하는 시점에 왔기 때문이다. 또 다른 하나의 이유는 그 시점에 공교롭게도 힌두 정부가 정권을 잡으면서 조직적인 선교의 방해가 있었고 장기 비자 취득이 어려워진 이유 때문이다. 하지만 모든 일에는 하나님의 섭리가 담겨 있다고 믿는다.

이런 이유로 인해 인도보다 복음이 더 필요한 곳으로 선교사들이 흩어질 수 있었다. 나도 그런 하나님의 큰 그림 속에서 베트남에 진출하게 된 것이다. 내가 베트남으로 움직이기 시작하면서 북베트남 하롱 교회와 그 주변 교회가 복을 받았다. 조그마한 가정 교회로 있던 하롱 교회(CMA 정부 인가 교단)가 센터 교회를 건립하여 주변 다섯 교회의 형님 교회의 역할을 하게 된다. 그 후 주변 두 교회(황띤, 남하)도 건축을 하게 되는 복을 받는다. 현지 사역자들에게 교회 개척의 성경적인 원리와 복음 설교의 정수를 가르쳐 주었다. 건축, 세미나, 문서 선교를 통한 지원 사역이었다.

그리고 지난 2020~21년 두 해 동안에는 구원시리즈 복음 설교를 70편을 선포하고 그 설교를 영어와 베트남어로 책을 만들어 500부씩 베트남 목회자들과 성도들에게 배포하였다. 기독교 문서가 전무한 베트남 교회에 효과적인 사역의 매체가 되었다. 베트남 비전 영어 교회는 4년된 개척 교회이지만 2명이 외국 유학을 떠났고 현재 3명이 선교 훈련을 받고 있다. 앞으로 선교사를 파송할 교회로 준비하고 있는 것이다.

주는 자가 복되다는 주님의 말씀처럼 내가 베트남으로 다니며 하나님의 은혜를 흘려보낼 때 하나님의 우리 인도 교회도 굳건히 세워 주셨다. 그동안 소강상태에 있었던 교회 건축의 문이 열리게 되었고 2018년부터 예배당 헌당이 매년 이루어지게 된다. 2018년에 로뎀나무교회 헌당, 2019년 좋은나무교회 헌당, 2021년 무화과나무교회 입당, 2022년에는 푸네 푸른목장교회 부지 위해 센터 건물을 지을 준비를 하고 있다. 베트남 교회도 복을 받았지만, 인도 KMCPT 교회도 더 자립하며 성장하고 있다. 교회마다 건물을 지으면서 더 견고한 터를 세우며 재생산의 방향을 향해 나아가고 있다. 이젠 나 없이도 성찬식과 세례식 결혼식을 스스로 잘 진행하고 있고, 사역자들은 신학 공부를 마치고 안수받는 숫자가 더 늘어가고 있다. 이제 마하라슈트라를 넘어서 베트남에서 일하고 있지만, 성령 하나님은 인도 교회를 여전히 돌보고 계신다.

이런 꿈을 꾸곤 한다. 어느 날 인도 교회 청년들이 베트남 교회에 단기 선교를 오게 될 것이고, 베트남 청년들이 인도에 단기 선교를 갈 것이다. 인도 KMCPT 교회와 베트남 교회가 서로 도전하고 협력하며 교회를 세우는 그 날이 오게 될 것이다. 아직도 우리의 선교 여정은 현재 진행형이다. 앞으로 우리의 사역이 어떻게 펼쳐질 것인지 그 누구도 함부로 말할 수 없을 것이다. 하나님의 그림은 우리의 생각보다 더 크고 더 넓다.

이런 무한한 선교의 여정 속에 여러분도 몸을 담아 보시길 추천해 드린다.

황무지에서 자라난 나무

부록

마라티 종족이
구원을 받을 때까지!

– 선교편지(2000년~2019년)

이 천국 복음이

모든 민족에게 증언되기 위하여 온 세상에 전파되리니

그제야 끝이 오리라

(마태복음 24:14)

인도에서 드리는
첫 편지

1. 인도에 도착하여

"아빠가 어떻게 알고 우리를 이렇게 좋은 나라에 데리고 오셨지?"

　도로에 다니는 당나귀와 염소들을 보면서 요한이가 한 말입니다. 이 말을 들은 우리 부부는 크게 웃으며 감사를 드렸습니다. 아이들이 이렇게 먼지 나고 시끄러운 도로에서도 짐승들을 마음껏 볼 수 있다고 즐거워하니

말입니다. 우리는 인도에 도착한 지 며칠 되지 않았지만 새로운 경험들을 많이 했습니다. 뭄바이 공항에서 푸네행 비행기가 4시간 연착되어 파김치가 된 아이들과 몸을 비틀던 일이나, 아침 식탁 밑에서 도마뱀이 나타난 사건, 복사하러 갔다가 정전이 되어 돌아온 일이 그 예들입니다. 그러나 지난 일주일 동안 하나님의 은혜를 순간순간 경험하고 있습니다.

2. 주님의 은혜를 새록새록 경험한 지난 일주일

1) 여행의 은혜

출발할 때 짐이 많아서 추가금(Over Charge)을 요구하지 않을까 걱정했는데 푸네까지 무사히 도착할 수 있어 감사했습니다. 뭄바이 공항에서 물건이 많으니 200불을 내라고 하는 직원이 있었는데, 다른 직원이 나와 그냥 통과시켜 주셨습니다. 뭄바이 공항과 푸네 공항에서 오·엠 형제들이 나와서 우리를 도와주었고 임시 거처를 마련해 놓아 편히 여독(旅毒)을 풀 수 있었습니다. 집을 구하는 일을 위해서 벵갈로 본부에서 파우땅(Pauthang) 형제를 보내어 입주할 때까지 우리를 도와주었습니다. 파우땅 형제는 오·엠에서 20년간 사역한 선교사인데 저희를 위해 본부에서 특별 파견을 해 주신 것입니다. 이들의 도움이 없이는 이렇게 빨리 숙소를 구할 수 없었을 것입니다. 이곳은 집을 구할 때 반드시 브로커(Agent)를 통해야 하고 커미션도 두 달 치 집세를 요구하는 형편입니다. LPG 가스통을 구하는 것도 몇 주를 기다려야 하는데 신청한 날 바로 구할 수 있었습니다. 전화도 신청하면 몇 달은 기다려야 개통이 되는데 하나님의 은혜로 전화가 있는 집을 구할 수 있었습니다. 물론 전화가 작동되기까지는 최소한 일주일 걸립니다. 정말 여러분들의 기도와 같이 주님께서 모든 것을 미리 예비하셨음을 볼 수 있었습니다.

2) 숙소를 구하는데 도우신 손길

저희는 도착한 지 3일 만에 방 2칸에 깨끗하고 아담한 새 아파트에 입주하였습니다. 보증금 200만 원에 매달 6,500루피(약 20만 원)의 월세를 내는 집입니다. 주변 환경도 깨끗하고 요한이 학교도 가까워서 우리에게 적합한 집인 것 같습니다. 이 집을 구하기 위해서 여덟 곳의 집을 둘러보았고 4명의 브로커를 만났습니다. 30도의 땡볕에 릭샤를 타고 먼지를 마시고 다니면서 파우땅 형제와 여러 사람의 도움으로 발견한 집입니다. 이렇게 구한 집이었기 때문에 더욱 적당하고 주님이 예비하신 집임을 느낄 수 있었습니다.

3) 요한이 유치원과 언어공부 준비

요한이는 조금 적응이 되면 예수전도단(YWAM) 유치원에 보내려고 합니다. 이 학교에는 8명의 학생이 있는데, 대부분 예수전도단 선교사 자녀들입니다. 요한이가 영어를 못하기 때문에 곧 받아 줄 수 있을지를 의논하겠다고 했습니다. 수빈이는 6월부터 같은 유치원에 다닐 수 있을 것 같습니다. 요한이 엄마는 없는 재료로 우리의 입맛에 맞는 음식을 준비하느라 분주합니다. 좀 정착이 되면 영어 공부를 시작하려고 합니다. 감사하게도 앞집 인도 아주머니가 고등학교 영어교사 출신인데 요한이 엄마에게 영어를 가르쳐 주겠다고 했습니다. 저는 가족들을 도우면서 힌디어 공부를 시작하려고 합니다. 마라티어는 힌디어와 매우 비슷하기 때문에 힌디어를 먼저 한 후 나중에 마라티어를 공부할 생각입니다. 가족들 모두가 효과적으로 언어를 배울 수 있도록 기도해 주십시오.

4) 그레암 선교사님의 순교 열매를 위해

지난 이틀 동안 인도 신문에는 계속해서 그레암 스테인스(Graham Staines) 선교사님의 1주년 추모식에 관한 기사를 싣고 있습니다. 작년 1월 23일 오리사주 마노하푸르(Manoharpur)에서 두 아들과 함께 산 채로 불탄 호주 선교사님을 추모하기 위해 켈커타와 뭄바이에서 행사를 가졌습니다. 특히 뭄바이에서는 그레디스 스테인스(Gladys Staines) 사모님이 직접 참석해『Burnt Alive(불탄자는 살아있다)』라는 책 출판을 허락하라는 모임을 주도하기도 했습니다. 그레디스 사모님은 인터뷰를 통해 "나는 살인자들을 모두 용서했습니다. 그리고 가족의 죽음에도 불구하고 우리의 선교는 중지할 수 없습니다"라고 하셨습니다. 그레디스 사모님은 지금도 인도에 남아서 나환자들이 치료받을 수 있는 병동을 짓기 위해 수고하고 계십니다. 이분들의 간증은 인도 크리스천들뿐 아니라 많은 인도인들에게 도전을 주고 있습니다. 하루속히『Burnt Alive』라는 책이 출판되어 복음의 진보를 가져다주었으면 하는 바람입니다.

후원관리자 유상문 집사님 가족

저희의 출국을 위해서 여러 모양으로 사랑을 베풀어 주신 모든 분께 진심으로 감사드립니다. 여러분들의 사랑을 잊을 수 없을 것입니다. 사랑의 보답으로 열심히 일하겠습니다. 안녕히 계십시오.

푸네에 도착해 열심히 적응하고 있는 김세진, 박원선, 요한, 수빈 올림

마라티 종족이
주님을 찬양할 때까지

1. 안녕하세요(나마스테 프리어 저노)

사랑하는 동역자 여러분! 그동안 평안하십니까? 추석을 맞아 이렇게 멀리서 인사를 드립니다. 한가위 명절은 잘 보내고 계시는지요? 저희도 추석을 맞아 뭄바이 총영사님을 모시고 푸네 한인 음악회와 한인 체육대회를 열어 고국의 향수를 달랬습니다. 올 추석에는 아내가 시루떡을 시도했는데 비슷한 작품이 나와(좀 퍼석하기는 했지만) 큰 위로를 받으며 주위 한인들과 나누어 먹었습니다. 조국의 한가위가 그립기는 하지만 우리의 타향살이가 천국 잔치를 준비한다고 생각하니 위로와 기쁨이 됩니다.

지난 7월에는 많은 손님이 저희 사역지를 다녀가셨습니다. 소망교회 곽요셉, 최두열 목사님을 비롯하여 사랑의교회 인터넷 봉사단(김상영, 최현정, 이지현)과 사직동교회 송윤희, 김광진, 이진식 청년들이 이곳 푸네를 다녀갔습니다. 이들의 방문은 저희 사역과 생활에 힘과 활력이 되었습니다. 특히 곽 목사님의 방문은 저희들에게 큰 격려가 되었는데, 그동안 기도하던 제2 마라티 교회(푸른목장) 예배당을 얻는 데 도움을 주셨고, 효과적인 사역을 위해(선교학자의 관점으로) 많은 조언을 주고 가셨습니다. 인터넷 봉사단은 이곳 현지 사역자들과 UBS 신학생들에게 컴맹의 눈을 뜨게 했으며 저의 홈페이지도 개설해 주었습니다. 송윤희 자매의 한 달 반 정도의 잔잔한 봉사는 모든 가족의 기쁨과 즐거움이었습니다. 이곳을 방문하여 사랑과 봉사를 아끼지 않으신 모든 분께 진심으로 감사를 드립니다.

2. 사역 보고

1) 제1 마라티(카트라지) 교회

하나님의 은혜로 제1 마라티 교회 주일학교가 계속 성장해 최근에는 출석 인원이 450명을 넘어서고 있습니다. 아이들 숫자가 늘어남에 따라 예배를 드린 후 작은 아이들은 돌려보내고 큰 아이들(3~6학년)만 남겨서, 이 광주 선교사와 아내가 두 반으로 나누어 공과 공부와 2부 활동을 하는 형편입니다. 현재 예배 장소로 빌려 쓰고 있는 학교의 가장 큰 교실 두 개를 터서 모이고 있는데도 공간이 부족한 상태입니다.

이런 행복한 고민을 하고 있던 지난 주일(9월 23일) 작은 문제가 하나 생겼습니다. 주일학교 아이들에게 준 간식에서 불량식품이 발견되어 한 힌두 부모가 교회에 항의하러 왔습니다. 예배 중이라 저와 피터 목사는 교회 안에 있었고, 두 어른(장로격)이 나가서 잘 타일러 보냈는데, 이들이 경찰에 신고를 해버렸습니다. 물론 간식을 먹고 배탈이 나거나 문제가 생긴 사람은 없었는데, 경찰에 고발이 들어간지라 교회 모든 활동을 신문(訊問) 받게 되었습니다. 더 큰 문제는 일어나지 않았지만, 이 사건이 있고 난 뒤 선교 활동이 경찰에 주목받게 되었으며 지금까지 사용하던 학교 건물을 더는 예배당으로 쓸 수 없게 되었습니다. 힌두 정부가 연초에 공공건물을 종교 활동에 쓸 수 없도록 금했지만, 저희는 학교장의 배려로 지금까지 사용하고 있었는데, 이번 일로 학교장도 더는 예배 공간으로 허락할 수 없게 된 것입니다.

주변에 400명 이상의 아이들이 모일 수 있는 공간을 확보하기가 쉽지 않은데… 여간 고민스럽지 않습니다. 건축을 위해 부지를 사둔 땅은 아직 건축 허가가 나오지 않은 상태이고 건축을 하더라도 주일학교 아이들이 모이기에는 너무 먼 거리라서 어차피 마을 안에 예배 처소를 구해야 하는 상황입니다. 적합한 예배 처소를 속히 구할 수 있도록 기도 부탁드립니다. 그리고 이번 사건을 통해 주일학교 사역이 위축을 받지 않도록 기도해 주시길 바랍니다.

2) 제2 마라티 교회(푸른목장)

그동안 기도하던 제2 마라티 교회 예배당을 하나님의 은혜로 얻게 되었습니다. 예배 공간은 물론 사무실과 숙소로도 사용할 수 있는 방갈로 한 채를 하나님께서 허락하신 것입니다. 11개월 임대 계약(이곳은 기본 계약 기간이 11개월)으로 이사를 한 후 지난 8월 12일 첫 예배를 드렸는데 이 예배에 성인 23명과 어린이 56명이 참석했습니다.

이사 후 교회 이름을 '푸른목장(Green Pasture)교회'로 짓고 예배 순서도 좀 격식을 갖추고 교인 명부도 만들었습니다. 1층 거실은 약 100명 정도가 앉을 수 있는 예배 홀로 꾸몄고, 지하 주차장에는 장판을 깔아 주일학교 교실로 만

들었습니다. 1층 방 한 칸은 사무실이고 2층 방들은 오·엠 형제팀 숙소와 사랑방(Guest House)이 되었습니다. 완벽한 교회이자 선교 센터가 된 것입니다. 앞으로 이곳에서 교회 개척 사역자들이 훈련을 받고 파송을 받게 될 복음의 센터가 된 것입니다. 현재는 주일예배와 양육에 힘쓰고 있는데 11월경 전도집회를 계획하고 있습니다. 좋은 예배당과 선교 센터를 주신 주님을 찬양합니다.

3) 제자훈련

저희 부부와 이광주 선교사가 함께 공부하는 한글반 제자훈련은 제3권 4과를 지나고 있습니다. 저와 피터 목사, 일랑고반, 자간 형제로 구성된 영어 제자 1반은 현재 제2권 10과를 지나고 있고, 일랑고반 선교사가 시작한 영어 제자 2반은 제1권 5과까지 공부하였습니다. 한국에서는 평신도 훈련 교재로 쓰이는 내용이지만 이곳에서는 사역자 훈련에 잘 사용되고 있습니다. 현재 이 제자훈련 교재를 마라티어로 번역도 하고 있는데 번역이 완성되면 제1 마라티 교회 평신도들에게도 시도해 볼 예정입니다. 그러나 이곳 평신도들의 수준에는 좀 어려운 것 같아서 내용을 조금 쉽게 가르칠 필요가 있을 것 같습니다. 어쨌든 저는 이 훈련을 통해서 동역자들과 깊은 말씀과 신앙의 교제를 나누고 있으며, 이 시간은 우리의 팀 사역을 더욱 견고게 하는데 좋은 역할을 하고 있습니다. 은혜로운 훈련이 계속되며 마라티어 번역 작업이 잘 될 수 있도록 기도해 주십시오.

4) 순회전도 사역

지난 8월 29~30일, 푸네에서 약 5시간가량 떨어진 미라지(Miraj)와 이찰가란지(Ichalkaranji)의 오·엠 형제팀을 순회하고 돌아왔습니다. 이번 순회 여행에는 우리 가족들과 이광주 선교사 그리고 푸네팀 두 형제가 함께했는데, 큐티 강의와 기도회를 통해 이들의 사역을 격려했습니다. 미라지 팀에게서는 나병 환자를 위해 기도하던 중 그 환자 치료되는 간증을 듣게 되었고, 이찰가란지팀에서는 형제들에게 마라티어를 배운 부부가 예수님을 영접하고 성경을 읽게 된 간증을 들었습니다. 형제들의 수고를 통해 하나님의 역사가 일어나는 간증들을 들으며 저희가 많이 은혜를 받았습니다. 돌아오면서 미라지 팀에는 사역에 필요한 자전거 한 대를 기증했고, 이찰가란지팀에는 숙소 보증금을 4,000루피를 지원해 주고 왔습니다. 이찰가란지팀이 무료로 쓰고 있던 숙소는 화장실이 없는 방 한 칸짜리 집인데, 집주인이 일주에 한 두 번씩 짐승을 잡아 방에 걸어놓기 때문에 방에 피가 떨어지고 냄새가 진동했다고 합니다. 이럴 때마다 잠을 잘 수 없었던 형제들은 새로운 숙소를 위해 기도했다고 합니다. 이들의 기도가 우리의 순회 전도를 통해 응답하였다고 생각하니 몸은 피곤했지만, 마음은 한결 가볍고 기뻤습니다. 마하라슈트라 전역에 이런 오·엠 팀이 약 6개 정도 사역하고 있습니다.

5) 미래 사역을 위한 동역자 모집

요즘 들어서 동역자들의 필요를 더 절실히 느끼고 있는데, 당장 필요한 사역자로는 제1, 2 마라티 교회의 청소년들을 양육할 청년 사역자입니다. 성인 교인들과 주일 학생들은 어느 정도 관리가 되고 있는데, 교회에 속한 청소년들은 예배에도 참석지 않고 거의 방치된 상태입니다. 이들에게 예배와 말씀을 가르칠 수 있는 헌신자를 찾고 있는데 단기 2년 정도라도 헌신할 수 있다면 함께 동역할 수 있을 것 같습니다.

그뿐만 아니라 올해 말이나 내년 초쯤에 개척할 제3 마라티 교회는 푸네가 아닌 교회가 없는 시골 지역으로 생각하고 있는데, 계속 교회 개척을 위해 동일한 비전을 가진 더 많은 한국인 동역자가 필요합니다. 저희가 (이광주 선교사 포함) 효과적으로 목회할 수 있는 교회의 숫자(시간, 재정상태를 고려해 볼 때)는 3~4개 정도로 보고 있으므로, 더 많은 교회 개척을 위해서는 그만큼 동역자가 더 필요하기 때문입니다. 최근에 읽은 논문 (1820~1920년까지 마하라슈트라 서부지역에서 많은 복음의 열매를 거둔 AMM(American Marathi Mission) 선교회)에 따르면 한때 미국 선교사 40여 가정이 약 180명의 현지인 사역자들과 함께 마라티 교회 개척 사역을 한 것을 나와 있습니다. 당시 이들은 수백 개의 학교와 병원, 고아원 등을 운영하면서 약 100년 동안 복음을 전하여 3,000여 명의 개종자를 얻었습니다. 이 선교역사를 읽으면서 저는 마라티 선교를 더 집약적이고 강도 높게 펼쳐야 한다는 생각을 하게 되었습니다. 저희 한 가정이 10년을 헌신해서 몇 개의 교회를 얻는 것보다 마라티 교회 개척을 위한 한국인 선교사 팀(예를 들면 KMMT-한국 마라티 선교팀)을 구성하여 더 집중적이고 효과적인 사역을 펼쳐 수십 배의 열매를 거두어야 한다는 것입니다. 이것이 요즘 저의 기도 소원이 되었습니다. 이렇게 하기 위해서는 한국 오·엠에서 좋은 사역자들을 정기적으로 보내줘야 하고 인도 오·엠의 적극적인 협력이 필요합니다. 다시 말하면 선교부의 정책적인 지원과 더 강력한 후원체제가 필요한 것입니다. 이 비전을 놓고 저와 함께 기도해 주십시오.

3. 앞으로 일정 및 기타 소식

1) 전도 세미나

작년에 제2 마라티 교회를 개척한 동일한 전도집회를 올해도 11월 셋째 주 경에 사랑의교회 곽명옥 선교사님을 모시고 가질 예정입니다. 올해는 제1 마라티 교회 성도들을 직접 훈련시켜 전도에 투입할 예정이고, 제2 마라티 교회는 새로 옮긴 교회 주변을 전도할 예정입니다. 과격 힌두교 단체의 방해를 받지 않도록, 좋은 집회 장소와 참석자를 동원할 수 있도록 기도해 주시길 바랍니다.

2) 언어공부

10월부터 본격적인 언어공부를 다시 시작했습니다. 저는 주 4일 마라티어 개인 교습을 받고 있고, 아내는 성율이와 함께 주 5일 영어 학원을 등록하여 다니고 있습니다. 올해가 다 가기 전에 조금이라도 언어를 진보시키려고 안간힘을 쓰고 있습니다.

3) 새로운 식구

9월 20일, 조카 성율(성일교회)이가 푸네에 들어와 우리와 함께 생활하게 되었습니다. 졸지에 형과 오빠를 얻은 요한, 수빈이는 신나 하고 있습니다. 성율이는 이곳에서 영어와 컴퓨터 공부를 할 예정입니다.

황무지에서 자라난 나무

4) 홈페이지

인터넷 봉사단이 와서 저의 홈페이지를 개설해 준 덕분에 저의 사역을 더 현장감 있게 나눌 수 있게 되었습니다. 방문해 주실 홈페이지 주소는 'www.freechal.com/marathisarang'입니다. 이 홈페이지에는 푸른목장 교회 사진과 최근 사역 사진들이 올라가 있습니다. 회원으로 가입하셔서 소식도 주시고 많은 정보도 얻으시길 바랍니다.

인도에서 김세진, 박원선, 요한, 수빈 올림

〈기도 제목〉

1. 제1 마라티 교회(카트라지)–주일학교를 포함한 적합한 예배 공간이 속히 확보될 수 있도록
2. 제2 마라티 교회(푸른목장)–좋은 교회당을 주심에 감사. 교회 성장을 위해 헌신할 현지인 사역자들을 확정시켜 주시도록(남 전도사 1명, 여 전도사 1명)
3. 제자훈련을 통해 참석자들의 영적 성장과 팀워크의 강화를 위하여. 마라티 훈련 교제가 잘 번역, 편집되도록
4. 마라티 복음화에 같은 비전을 가진 한국인(현지인 포함) 동역자들을 많이 붙여 주시도록. 선교부의 정책적인 지원과 더 많은 후원교회가 생기도록
5. 가족들의 건강과 언어의 진보를 위해서
6. 11월에 계획하는 전도집회가 은혜 가운데 좋은 열매 맺도록….

사진으로 보는 기도 편지(2001-3호)

곽요셉 목사님 제1 마라티 교회 방문(2001. 7. 29.)

제2 마라티 교회(푸른목장) 전경

제2 마라티 교회(푸른목장)
첫 이전 예배 모습(2001. 8. 12.)

인터넷 봉사단의 컴퓨터 교육

노트북을 기증하는 봉사단(7. 20.)

황무지에서 자라난 나무

송윤희 자매와 함께 이찰가란지팀 순회 여행(8. 30.)

마라티 종족이
주님을 찬양할 때까지

1. 안녕하세요(나마스테 프리어 저노)

사랑하는 동역자 여러분! 안녕하십니까? 2002년도 두 달만을 남겨두고 있습니다. 시간의 빠름을 실감하면서 뒤를 돌아보니 하나님의 은혜 외에는 내가 한 것이 무엇인가 하는 한숨이 나옵니다. 은혜 때문에 받는 상급이 아니라면 이 선교지에서 내가 받을 상급이 무엇인가? 라는 생각을 해 봅니다.

하나님의 은혜로 진전(進展)된 올해의 사역을 돌아보면 제3, 4 마라티 교회가 개척되어 활발하게 진행되고 있는 것이고 또 마라티 전임 사역자 여덟 명이 함께 동역을 시작하게 된 것입니다. 그리고 지난 2년간 조금씩 번역 작업을 해 온 제자훈련 교재가 완전히 번역되어 곧 마라티어 교재가 출간될 것 같습니다. 지난 10월부터 한 후원자가 교회 개척 특별헌금을 하기 시작해서 제5 마라티 교회 개척과 제자의 집(Disciples House) 운영을 준비하고 있습니다.

어제 남인도 타밀나두(Tamil Nadu) 주에서는 '반개종법(Anti-Conversion bill)'이 통과되었습니다. 강제(?)로 개종을 시키는 사람은 최고 4년 징역에 10만 루피(한화 약 260만 원)까지의 벌금을 물게 되는 반개종(改宗) 법인데, 많은 반대가 있었음에도 결국 이 법안이 주 의회(State Assembly)를 통과했습니다. 이 법안은 기독교 선교에 치명적인 족쇄가 될 수 있기 때문에 기독교계에서 많은 반대 운동을 펼쳐왔지만, 다수의 힘에 밀려 결국 가결이 된 것입니다.

비교적 기독교 세력이 강한 남인도 타밀나두 주에서 이런 일이 생긴 것은 더욱 어처구니없는 일입니다. 이 법안이 마하라슈트라 주나 다른 주에도 영향을 미치지 않기를 바라며, 인도 교회가 핍박 가운데서 더 강해지도록 기도를 부탁드립니다. 복음의 문이 더욱 좁아져 가고 있는 인도 땅을 바라보면서, 문이 열려 있을 때 마라티 종족 가운데 더 많은 교회를 세워야겠다는 다짐을 하게 됩니다.

2. 사역 보고

1) 제1 마라티(카트라지) 교회

어른 예배는 현지 목사님이 부임하여 거의 독자적으로 운영되고 있습니다. 주일학교는 학생들이 더 늘어나 350명까지 모이고 있는데, 지난달부터 유년부(3학년 이하) 예배와 소년부 예배(4학년에서 10학년까지)를 따로 드리고 있습니다. 유년부 예배실을 지하에서 1층으로 옮겨 소년부와 같은 시간에 드리고 있는데, 큰 아이들과 함께 예배드릴 때보다 분위기도 좋고 말씀도 더 잘 듣고 있습니다. 소년부는 성경 암송과 분반 공부에 더욱 주력하고 있는데 아이들의 마음에 말씀이 심어지도록 기도해 주세요.

비쉬와스 전도사님과 토요일 어린이 성경공부가 진행되고 있고, 주말에는 프라빈 선생님이 영어 회화반을 지도하고 있습니다. 다음 주에는 드왈리 방학 기간을 이용해 마가복음 성경 읽기 대회를 합니다. 아이들이 재미있게 성경을 배우고 믿음이 자라도록 기도 부탁합니다. 12월이면 귀국하게 될 주일학교 담당 이광주 선교사님의 후임이 속히 채워지도록 기도해 주시고 이 선교사님의 귀국을 위해서도 기도해 주세요.

2) 제2 마라티(푸른목장) 교회

푸른목장교회는 주중 성경공부가 시작된 이후에 세례를 받겠다는 사람들도 생기고 말씀에 대한 관심이 더욱 커졌습니다. 실라 전도사가 매주 두 마을을 방문하여 성경공부를 인도하고 있는데 교인들의 믿음이 자라는 것을 봅니다. 아직도 다수는 복음은 받아들이지만, 기독교로 개종하는 것은 두려워하고 있는 가운데 소수 안에서 변화가 보입니다. 나이가 많은 교인들은 말씀의 이해도 늦고 변화도 싫어하는 반면에 젊은층의 교인들에게 변화가 나타나고 있습니다. 와노와리 가오 지역의 교인들은 말씀에 대한 사모함이 크고 변화를 준비하고 있습니다. 교인이 되면 이마에 띠까를 떼야 하는지? 세례를 받은 후에는 믿는 사람과만 결혼해야 하는지? 등 특히 고원다 가족은 가족 전체가 세례를 받고자 준비하고 있습니다.

이제는 이들의 기도제목도 자라서 이전에는 물질적인 필요를 위해서만 기도해 달라고 했는데, 요즘은 말씀을 잘 깨달을 수 있도록 기도해 달라고 요청하고 있습니다. 이것이 여러분에게는 별것 아닌 내용이지만 저희에게는 너무나 큰 것이고 그동안 듣고 싶었던 말이었습니다. 이렇게 바뀌는데도 2년이 걸렸습니다. 힌두교 선교는 정말 인내 없이는 열매를 볼 수 없는 것 같습니다. 전도 받아 예수님 영접하고 교회에 올 때 다 된 줄 알았는데, 이 정도 자라는데도 2년이 걸렸습니다. 앞으로 얼마나 더 걸려야 건강한 교인이 될는지 갈 길이 먼 것 같습니다.

샤쿤탈라 자매의 남동생 아쇼크가 신장병으로 세상을 떠났습니다. 교회가 입원비를 보조하며 도왔지만, 상태가 너무 악화된 지라 살지 못했습니다. 세례도 받지 않은 형제라 가족들이 힌두교식으로 장례를 치르도록 그냥 두었습니다. 앞으로 적어도 세례 교인들은 기독교식으로 장례를 치러줘야 하는데 매장지를 구하는 것도 교회의 숙제인 것 같습니다.

1년간 임대하여 교회로 사용했던 방갈로에서 이사하여 UTSM(United Theological Seminary in Maharashtra) 신학교를 임대하여 주일예배를 드리고 있습니다. 모두가 분위기에 점차 적응하고 있습니다. 이제는 더는 임대 예배당으로 전전하지 않고 우리 교회를 지어서 들어갈 수 있기를 기도하고 있습니다. 올해 안에 주님께서 땅을 주시기를 원합니다.

3) 제3 마라티(우드기르) 교회

사직동교회 단기 선교팀이 다녀간 이후 우드기르(Udgir) 교회는 더욱 활기를 띠고 있습니다. 방문하여 기도하는 곳마다 치유의 역사가 일어나고 있고 예수님을 믿는 사람들이 많이 생겼습니다. 현지 전도자 한 명은 다른 선교부로 갔고 여섯 명의 전임 사역자들이 열심히 사역하고 있습니다. 핌프리(Pimpuri) 지역에 가정 교회가 생겼고, 우드기르 교회당 지붕 개량도 했

습니다. 우기에 물이 새고 건기에는 덥던 양철 지붕을 콘크리트 지붕으로
멋지게 고쳤습니다. 헌금해 주신 김 집사님께 감사드립니다. 요즘 사역자들
이 시골 마을에서 전도할 때 방해와 협박이 커지고 있어서 기도를 요청합
니다. 하루는 전도지를 나눠주고 있는데 마을 사람 여러 명이 와서 또다시
우리 마을에 와서 전도하면 오토바이와 전도지를 불 지르겠다고 했답니다.
우리 사역자들이 담대하고 지혜롭게 복음을 잘 전하도록 기도해 주세요.

4) 제4 마라티(콘드와) 교회

비쉬와스 초글레 전도사의 사택이자 예배 처소가 될 집을 한 채 임대하
여 교회 개척을 시작했습니다. 시골에 있던 사모와 두 아이도 합류하였고,
주일예배와 화요 기도 모임이 진행되고 있습니다. 현재는 약 여섯 가정이
모임에 오고 있는데 모두 힌두교도 들입니다. 악한 영의 역사가 눈에 보이
는 강한 힌두 지역입니다. 11월 전도 세미나 기간에 이 지역을 집중적으로
전도하여 사탄의 진을 깨고 복음의 빛을 드러낼 것입니다.

5) KMCPT(Korean Marathi Church Planting Team)

인도 오·엠이 저의 사역을 공식적으로 인정해 주어서 KMCPT(한국 마
라티 교회 개척팀) 이름으로 한국 오·엠 선교사들을 모집할 수 있게 되었
습니다. 사실 인도 오·엠에는 외국인으로서 필드 사역을 하는 사람이 저희
가정밖에 없습니다. 모든 체제를 현지인 중심으로 하고 있고 국제 팀을 받
지 않는 상태이기 때문에 이번 결정은 인도 오·엠의 창구가 한국인에게만
열린 셈이 된 것입니다. 한국 오·엠에서는 올 12월부터 준단기 선교사 약

간명을 푸네로 보낼 예정이라고 합니다.

3. 가족 소식 및 앞으로의 일정

1) 요한, 수빈 이야기

아이들 학교(임마누엘 선교학교)가 집에서 가까운 곳으로 이사해 와서 등, 하교가 쉬워졌습니다. 아이들이 뛰어놀 수 있는 자연 들판도 있고 학교 공간도 넓어져 모두가 즐거워하고 있습니다. 요한이는 학교에서 쉬는 시간에 야구를 할 수 있어서 즐겁고 수빈이는 교실에 화장실이 딸려 있어 편리해졌다고 합니다. 요한이는 유일한 2학년 학생으로 3학년 아이들과 함께 공부하고 있는데, 담임선생님이 내년에는 다른 아이들과 같이 4학년에 진급시켜도 되겠다고 해서 지금은 2학년 3학년 공부를 함께하고 있습니다. 더 많은 숙제로 요한이의 어깨는 가방 무게 만큼이나 더 무거워졌습니다. 올해는 조금 벅찬 공부를 해야 하는데 요한이에게 건강과 지혜를 주시도록 기도 부탁드립니다. 수빈이는 천천히 그리고 조금씩 성장하는 가운데 오빠를 따라 열심히 학교에 다니고 있습니다. 그래도 학교가 재미있는지 아침에 눈 비비고 일어나 하품을 하면서 학교에 갑니다. 이제 한국 나이로 6살인데 1학년 공부를 잘 따라가고 있습니다. 아이들의 지식이 자람과 같이 하나님을 사랑하는 마음도 자라도록 기도해 주세요.

2) 단기 선교팀 방문과 정 판술 목사님 내외분 방문

사직동교회 단기 선교팀이 7월 24부터 8월 7일까지 다녀갔고, 정통부(사랑의교회 소속)에서 보낸 인터넷 봉사단이 8월 4일에서 17일까지 봉사를 했습니다. 사직동 단기 선교팀은 푸네 교회 사역과 우드기르 시골 전도를 경험했는데 잘 준비해 와서 좋은 열매를 거두었습니다. 인터넷 봉사단은 UBS와 하칭스 고등학교에서 알찬 교육을 하고 돌아갔습니다. 봉사단 한 자매는 이곳에서 영적으로 도전받고 한국에 돌아가 교회 봉사를 새로 시작하게 되었다고 합니다.

지난 9월 30일부터 10월 15일까지 정 판술 목사님 내외분이 푸네를 방문하여 저의 사역지를 돌아보시고 각종 집회를 인도하셨습니다. 푸네에 사는 한인선교사들을 위한 유익한 세미나를 인도해 주셨고, 두 한인교회와 푸른목장교회에서 설교해 주셨습니다. 틈틈이 작품 사진도 찍으시며 저희 부부에게 좋은 말씀도 많이 나눠주셨는데 우리에게 유익하고 즐거운 시간이었습니다.

3) 전도 세미나(교회 성장 세미나) 준비

11월 7일부터 14일까지 사랑의교회 곽명옥 권사님 팀과 함께 제3차 전도 세미나를 진행하게 됩니다. 첫 세미나는 푸른목장교회에서 하고 두 번째 세미나는 콘드와 교회에서 진행하게 된다. 이번 세미나에는 UTSM 신학생들과 우리 전임 사역자들 전원 그리고 오·엠 청년들이 주로 훈련을 받게 되는데 지난해보다 더 기대됩니다. 특히 개척을 시작한 콘드와 지역을 전도할 수 있어 더욱 기쁩니다. 과격 힌두교 단체로부터 안전을 지켜 주시

황무지에서 자라난 나무

고 풍성히 열매 맺는 복음 잔치가 될 수 있도록 기도 부탁드립니다. 기도에 늘 감사합니다.

인도에서 김세진, 박원선, 요한, 수빈 올림

〈기도 제목〉

1. 제1 마라티 교회 주일 학생들이 믿음 안에서 자라도록
2. 푸른목장 교인들의 영적 성장을 위하여
3. 우드기르 지역에 복음을 방해하는 자들의 마음이 녹아지도록
4. 콘드와 지역에 많은 사람이 복음을 들을 수 있도록(특히 전도집회 기간에)
5. 마라티 제자훈련 교재가 잘 출판될 수 있도록
6. 아이들의 건강과 하나님을 사랑하는 마음이 자라도록
7. 아내의 건강과 저의 마라티 진보를 위하여
8. 전도 세미나의 안전과 좋은 열매를 위하여
9. 인도에 복음이 문이 닫히지 않도록(악한 정치인들이 물러가도록)
10. 12월 10~13일 코친 한인선교사 대회가 잘 준비되도록….

성경공부에 참석한 교인들(위) / 말씀을 가르치는 실라 전도사(아래)

황무지에서 자라난 나무

사직동교회 팀 태권 드라마 공연(위) / 하칭스 고교를 방문한 인터넷 봉사단(아래)

세미나를 인도하신 정판술 목사님(위) / 콘드와 교회 개척 전도사 비쉬와스(아래)

황무지에서 자라난 나무

마라티 종족이
주님을 찬양할 때까지

1. 안녕하세요?

사랑하는 동역자 여러분! 평안하십니까? 새해가 시작되는 듯하더니 벌써 2월 중순을 넘고 있습니다. 인도에 온 지 벌써 4년 차에 접어들고 있는데 아직 이루지 못한 꿈이 많은 것 같아 시간의 아쉬움을 느낍니다. 그렇지만 지나간 시간들 속에는 하나님의 은혜와 공급하심이 풍성하였고, 어느 곳보다 행복한 시간들을 보낸 것 같습니다. 서원을 따라 살 수 있다는 것이 얼마나 감사한지요! 아직 이루실 꿈(비전)이 있기에 저희는 벅차고 행복합니다.

한국 오·엠에서 세 명의 준단기 선교사를 보내 주셔서 팀 식구가 더 늘었습니다. 부산, 울산 출신의 예쁜 자매들인데 1년간 우리와 함께 일하게 됩니다. 첫 세 달간은 영어 공부에 집중하게 됩니다. 푸른목장교회 실라 전도사가 12월에 장가를 가서 식구가 늘었고, 우드기르의 슈뢰칸 전도사도 2주 전에 결혼했습니다. 우마칸트 전도사님은 지난달 득녀를 했습니다. 그래서 현재 한국 마라티 교회 개척팀(KMCPT)에는 한국인 9명(김 목사 부

부, 독신 5명, 어린이 2명)과 현지인 사역자 여섯 가정에 독신 두 명이 함께
일하고 있습니다.

2. 사역 보고

1) 교회 개척 현황보고

현재 저희 팀(KMCPT)에서 개척하여 돌보고 있는 교회들을 정리해 보면
다음과 같습니다. 푸네 시내에 세 개의 교회가 있고 우드기르 시골 지역에
다섯 교회가 있습니다. 우드기르 지역에는 지난 1월 아쇼크 나가 교회를
새롭게 개척하여 모두 다섯 교회에서 주일예배가 진행되고 있습니다. 아래
의 통계는 2월 첫째, 둘째 주일예배의 출석을 평균한 것입니다.

구분 / 교회 이름	남	여	청년	어린이 남	어린이 여	합계	담당 사역자
제1 마라티 교회 카트라지 데주메 교회	7	15	7	143	204	376	아브라함 비나약
제2 마라티 교회 푸른목장교회	9	27	8	13		57	실라스 아르준
제3 마라티 교회 우드기르 교회	28	20	9	15		72	비쉬와스 와그마레

황무지에서 자라난 나무

제4 마라티 교회 생명수교회	4	10	8	10	32	비쉬와스 초글레
제5 마라티 교회 헨디케르 교회	10	7	8	10	35	프라까쉬 보슬레
제6 마라티 교회 나갈가오 교회	6	4	6	17	33	슈레칸 까므레
제7 마라티 교회 완자르 와디 교회	3	5	6	5	19	뿌라부 와그마레
제8 마라티 교회 아쇼크 나가 교회	7	9	8	22	46	우마칸트 와그마레
소계	74	97	60	439	670	이상 8명의 현지 사역자

2) 인도 결혼식

실라 전도사 결혼식에 참석했는데 인도 결혼식의 특이한 점들을 많이 보았습니다. 첫째는 결혼식 전날 동네 사람들이 모여서 밤을 새우며 찬양을 부르고 말씀을 듣는 시간을 가지더군요. 실라 아버님이 목사님이라서 교회 마당에 동네 사람들이 많이 모여서 밤을 새우더군요.

둘째는 인근 동네 사람들이 결혼식장으로 모여드는데 시골 지역인지라 주요 교통수단은 트럭이었습니다. 트럭 뒤에 60~70명이 콩나물시루처럼 서서 트럭을 타는데 질서 정연하더라고요.

셋째, 결혼식장에 입장할 때 신랑 측 사람들이 무리를 이루어 식장으로 들어가고 그 후에 신부 측 사람들이 무리를 이루어 입장하는데 마치 두 그

룹이 세력 싸움을 하는 느낌이었습니다. 예식이 마친 후에는 사람들이 곡식 같은 것을 신랑 신부에게 던지는 모습이 특이했습니다.

예식 후 2,000명 정도의 하객이 식사하게 되고 신랑 신부는 하객들에게 인사를 하게 되는데 이때 사람들은 선물을 가지고 신랑 신부를 만나게 됩니다. 결혼 선물은 주로 양동이 같은 그릇 종류가 많았는데 거울, 화장대 같은 무거운 선물을 여러 명이 들고 오는 광경도 보았습니다.

축하연이 끝나면 신부 측 친구들이 결혼식장을 떠나는 신랑 가족에게 돈을 요구하는데 이때는 약간의 언쟁과 살벌한 신경전이 벌어지더라고요. 결혼식은 오전에 시작하여 오후 4시쯤 되어서 모든 순서가 마무리되었는데, 이곳의 결혼식은 두 가정의 잔치가 아니라 온 마을의 잔치더군요. 함께 모여 밤을 새워 주고 온 동네 사람들이 트럭으로 와서 먹고 시간을 보내주는 이들의 모습 속에서 잃어버린 인간미를 보는 듯했습니다.

3) 생명수교회에 물이 안 나와

제4 마라티(콘드와) 교회 이름을 생명수교회로 짓고 난 후에 믿음의 시험이 있었습니다. 다름이 아니라 그 지역이 가뭄 때문에 지하수 펌프에서 물이 나오지 않는 것이었습니다(이곳은 상수도가 들어가지 않음). 자녀가 두 명이나 되는 가족이 마시고 씻어야 하는 사택이자 교회인데 물이 나오지 않는다는 것은 여간 불편한 일이 아니었고, 더욱이 생명수교회라고 이름을 지었는데 물이 나오지 않으니 교회 이름도 말이 아니었습니다. 그래서 모두가 기도하기 시작했습니다.

그 다음 날 세 통(바게스)의 물이 나왔습니다. 전도사님 가족에게 필요한 물은 최소 여섯 통의 물인데 그 후에는 6통이 물이 나오고 있습니다. 할렐루야! 이곳 생명수교회에 지하수가 펑펑 쏟아져 나와 이웃에게도 나누어 줄 수 있도록 기도해 주시고, 물뿐 아니라 영혼의 갈증을 적시는 말씀의 생수도 넘치는 교회가 되도록 기도해 주세요.

4) 교회 안의 카스트

제2 마라티(푸른목장) 교회에 바구바이라는 할머니 기억하시지요? 이 할머니는 고아가 된 두 손주를 부양하며 살고 있는데 청소부 계층의 하위 카스트입니다. 최근에 살고 있던 집에서 쫓겨나게 되어 교회가 집을 구해 주려고 알아보고 있었습니다. 마침 우리 교인 가정에 방이 하나 나서 교회가 임대료를 주고 방을 얻으려고 사람을 보냈습니다. 그런데 집을 줄 수 없다는 것이었습니다. 이유인즉 이 할머니는 자기들보다 하위 카스트에 소고기를 먹기 때문이라는 것이었습니다! 2년간 교회를 출석한 교인의 입에서 나온 말입니다. 지금도 할머니의 집을 알아보고 있지만, 교인들도 세를 주려고 하지 않는 사람의 집을 얻기란 인도에서 쉽지 않습니다. 그래서 바구바이 할머니의 손주들은 학교 기숙사와 장학관에 입소시킬 준비를 하고 있습니다.

4) 소망의 집(장학관) 첫 입소자 고원다

집안 사정과 재정적 어려움으로 공부에 집중하지 못하는 학생들을 선발하여 숙박과 장학금을 제공하려는 취지로 시작된 장학관에 첫 학생이 입소했습니다. 푸른목장교회의 고원다라는 7학년 학생인데 똑똑하고 교회 일도 열심히 도와 작은 전도사라고 부를 정도의 아이입니다. 학교를 마치고 오면 공부할 곳이 없어서 전도사 사택이나 사무실을 여러 번 찾아오곤 해서 교회 사무실 홀을 공부방으로 꾸며서 입소를 시켰습니다.

그런데 일주일 만에 울면서 집으로 돌아가고 말았습니다. 규율이 너무 심하고 친구들과 놀 시간 주지 않는다는 이유 때문이었습니다. 태권도 사범인 송호진 선교사가 담당했는데 군기가 너무 세서 그랬는지, 한국 아이들과는 많이 다른 것 같습니다. 그래서 체계적인 장학관을 운영하기 위해서는 이들의 정서를 잘 알고 세심한 필요를 채울 수 있는 현지인 담당자가 있어야 할 것 같습니다. 올해는 이 소망의 집(장학관) 운영을 제대로 준비해 볼 생각입니다.

3. 가족 소식 및 앞으로의 일정

1) 마라티 초등학교에 등교 시작

4년 차 사역에 접어들면서 제가 가장 위기를 느끼는 부분은 현지어 마라티어가 생각처럼 진보되지 않는다는 점입니다. 오·엠 단기 사역을 할 때는 2년 사역 중에 영어를 거의 마스터했었는데, 장기사역에 들어와서는 3년이 지난 오늘에도 마라티어가 회화 수준도 되지 않으니 이거 큰일이 아닐 수가 없습니다.

이유는 영어로 설교, 사역자 훈련, 일상생활을 하는 데 불편함이 없는데다가 사역이 바빠지면서 마라티어에 시간을 투자하지 못했기 때문이죠.

그래서 올해는 결단하고 마라티어와의 전쟁을 선포했습니다. 사역을 더 확장하지 않더라도 올해는 반드시 마라티어를 정복하고 말리라! 그래서 1월 초부터 마라티 초등학교에 다니면서 초등학교 학생들과 함께 공부하고 있습니다.

저는 초등학교 2학년 교과서로 집사람은 1학년 교과서로 공부합니다. 40대에 초등학생이 되어보니 기분도 좋고 교과서로 공부하니 이들의 정서를 더 깊이 이해할 수 있어서 좋습니다. 선생님들이 친절하게 많이 도와주셔서 용기로 공부하고 있습니다. 요즘은 오전 시간을 거의 마라티 학교에서 보내고 있습니다. 이 우선순위를 바꾸지 않도록 기도 부탁드립니다.

"마라티야 네 산이 얼마나 높으냐? 내가 올라간다!"

2) 요한, 수빈이 / 동역자 소식

요한이는 새 학기에(6월) 4학년에 진급해야 하므로 지금 2, 3학년 공부를 동시에 소화하느라 땀을 흘리고 있습니다. 이번 달부터는 방과 후 담임 선생님과 두 시간씩 과외를 하면서 보충을 하고 있습니다. 몇 달 하던 바이올린 개인 지도도 중지하게 되었습니다. 다행히 불평하지 않고 잘하고 있는데, 어제는 알레르기로 눈이 퉁퉁 부어 조퇴했습니다. 참 마음이 아프더군요. 수빈이는 느리지만 조금씩 진보를 보입니다. 읽기가 많이 느는 것으로 보입니다. 준단기 선교사 현영 자매가 수빈이의 피아노를 가르치게 되어 조금씩 시작하고 있습니다. 수빈이도 구토와 고열로 지난 이틀간 학교에 가지 못했습니다. 아이들의 건강을 위해서 기도해 주세요.

조카 성율이는 6월에 푸네 대학에 입학하기 위해 준비 중입니다. 그리고

3년간 함께 사역하던 이광주(리디아) 선교사님은 12월에 귀국했습니다. 선교사님이 떠난 빈자리가 더욱 크게 느껴지는 시간입니다. 송호진 태권도 선교사는 조용히 그리고 묵묵히 자신의 자리를 지키고 있습니다.

3) 등촌교회 여름 단기팀 발족

7월 중순에 푸네를 들어오기 위한 단기 선교팀이 이미 발족하였습니다. 서울 등촌교회 청년들인데 2월 15일 첫 준비모임을 가졌다고 합니다. 올여름 선교의 열기는 더 뜨거울 것 같은 예감이 듭니다. 동역자 여러분 모두 평안하세요.

인도에서 김세진, 박원선, 요한, 수빈 올림

〈기도 제목〉

1. 제1~8 마라티 교회가 영적으로 수적으로 성장할 수 있도록
2. 한국인 동역자들과 현지인 사역자들의 건강과 성령 충만을 위하여
3. 생명수교회에 지하수가 넘치도록
4. 효과적인 장학관 운영을 위해서
5. 바구바이 할머니와 두 손주를 위해서
6. 김 선교사 부부의 마라티어 진보를 위해서
7. 아이들의 건강과 팀원들의 언어 진보를 위하여
8. 여름 단기 팀들을 잘 준비시켜 주소서!

사진으로 보는 기도 편지(2003-1호)

결혼식 전날 밤 철야 모임

오·엠 준단기 선교사
(권혜경, 김현영, 김신정)

푸네 사역자들과 주일학교 교사들

생명수교회 초글레 전도사님 가족

카트라지 주일학교 소년부(2003. 2. 16.)

카트라지 주일학교 유년부(2003. 2. 16.)

마라티 종족이
주님을 찬양할 때까지

1. 핍박과 복음의 진보

'이 생명의 말씀을 다 백성에게 말하라.'(행 5:20)

순교 직전에 있던 베드로를 감옥에서 끌어내어 명령하신 주님의 음성이었습니다. 복음이 전파되는 곳에는 항상 원수들이 가로막고 있다는 사실을 사도행전 큐티를 통해 가르쳐주신 이후에 동일한 방해가 저의 사역 가운데도 일어났습니다. 한 달간을 기도로서 준비하고 조심스럽게 시도한 솔라포 전도집회에서, 분위기가 무르익어가던 둘째 날 오후에 약 200여 명의 어른, 아이들이 복음을 듣고 있는 야외 텐트로 여러 명의 과격 힌두들이 몰려와 모임을 해산시키고 우리의 모임을 '불법 집회'로 경찰에 고발하는 소동이 일어났습니다.

현지인 사역자 여덟 명과 한국인 선교사 일곱 명이 함께 진행하던 집회였지만 이들의 무력에 대항할 수가 없었습니다. 도리어 소동과 함께 몸싸움이 시작되면서 자매들과 아이들의 신변이 걱정되어 매우 긴장했던 순간이었습니다. 주님의 도우심으로 아무도 다치거나 경찰에 연루되는 일은 없었고 모두가 영적으로 재무장하는 값진 경험의 시간이었습니다.

지난 5년간 선교를 하면서 선교현장에서 이런 충돌이 일어난 것은 처음 있는 일입니다. 제가 14년 전에 북인도 사역 중(예수 영화 상영 중)에 마을 폭동이 일어나 도망갔던 사건 이후에 처음으로 경험한 일이었습니다. 그러나 중요한 진리는 핍박 이후에는 반드시 복음의 진보가 있고 더욱 강화된 믿음의 성장을 경험하게 되기 때문에 우리 모두 이 사건을 통해 더욱 감사하고 즐거워할 수 있었습니다.

이외에도 세례식 장소를 허락받는 일과 전도 세미나에 신학생들을 참여시키는 일에 마귀가 일일이 방해를 하는 바람에 힘든 영적 싸움을 싸웠지만, 결과적으로는 그 방해가 풀리고 도리어 더 큰 역사를 경험하게 되는 감격을 맛보았습니다. 마귀는 우리를 방해하지만 믿음으로 맞서서 싸울 때 반드시 우리는 승리하고 더 큰 열매를 거두게 하시는 하나님의 경륜을 배우게 되었습니다.

2. 사역 보고

1) 솔라포(Solapur) 교회 개척

지난 3달 동안은 KMCPT(한국 마라티 교회 개척팀) 전체가 새로 개척된 솔라포 교회를 세우는 데 집중한 기간이었습니다. 그 일환으로 8월 말에 사랑의교회 의료 봉사단 일곱 분이 솔라포에 오셔서 개척 교회 근처에 사는 주민 600여 명에게 의료 진료를 해 드렸습니다. 진료를 통해 많은 사람이 예수님의 이름으로 약과 기도를 받았고 주일예배에 참석할 것을 약속했습니다.

진료를 받으러 몰려왔던 사람들의 모습은 '마치 굶주린 짐승들이 먹이를 향해서 달려드는 필사적인 공격'과도 같았습니다. 이 때문에 사람들을 줄 세우고 차례로 진료를 받도록 진행하던 사역자들이 큰 홍역을 치러야 했습니다. 이들의 행동은 그동안 사랑받아 보지 못한 사람들에게서 나타나는 절규와도 같은 것이었습니다. 그래서 이들을 '사랑이 필요한 영혼들'로 진단하고 이들에게 예수님의 생명의 복음을 전해야겠다고 계획하게 되었습니다. 사랑과 약을 받고 마음이 열린 이들에게 예수님을 전하여 이제는 약 때문이 아니라 예수님 때문에 몰려오는 이들의 환상을 보게 하신 것입니다.

위에서 언급했듯이 9월 전도집회는 원수들의 방해로 잠시 저지를 당했지만, 이곳 영혼들의 갈급함은 이전과 동일함을 볼 수 있었습니다. 둘째 날 오전 10시 집회를 마치고 오후 4시에 다시 집회하겠다고 광고를 했는데 2시도 채 되기 전에 사람들이 몰려왔습니다. 아이들은 점심도 잊은 채 텐트에 남아서 계속 찬양을 하고 있었습니다.

우리 팀원들도 약 2시부터 찬양을 시작하여 집회가 시작되기 전까지 약 두 시간가량을 찬양과 율동으로 어우러져 완전히 축제를 벌이고 있었습니다. 큰 역사가 일어날 것 같은 분위기를 감지한 마귀는 그 4시 집회에 방해꾼을 몰고 왔습니다. 참으로 안타까운 순간이었습니다. 구원받아야 할 자들이 많으니 마귀도 매우 집요했습니다.

그곳에서 강력히 저항하는 힌두교의 영적인 진이 속히 무너지도록 우리와 함께 기도해 주십시오. 그곳에 남아서 교회 개척에 힘쓰고 있는 비루 와그마레 전도사님 부부가 성령 충만하고 강건할 수 있도록 기도 부탁드립니다.

황무지에서 자라난 나무

2) 전도 세미나와 세례식

지난 10월 28일부터 30일까지 푸네 UBS(Union Biblical Seminary) 신학교에서 전도 세미나를 개최했습니다. 큐티 강의와 '요한복음 3:16절 복음제시법' 강의를 비롯하여 축호전도와 저녁 복음 집회로 연결되는 이 세미나는 마귀의 방해를 극복하고 성공적으로 마무리 되었습니다. 한국에서 오신 다섯 분의 강사 팀(SWAM)과 KMCPT 사역자들이 합력하여 이 세미나를 진행했는데, UBS 신학생 42명과 마라티 훈련생 30여 명이 이 훈련에 참여했고 축호전도를 통해 847명이 복음을 듣게 되었습니다. 저녁 집회에는 약 500명(450인분의 식사가 모자람)이 참석해 복음을 듣고 예수님을 영접하는 대성황을 이루었습니다.

세미나가 시작되기 며칠 전에 마귀의 방해가 있었습니다. 신학교 측에서 갑자기 학생들을 이 세미나에 보내야 할지 교수 회의를 열어서 다시 결정하겠다고 했습니다. 이때 우리 팀원들은 얼마나 마음을 졸이며 기도했는지 모릅니다. 저는 신학교 원장님과 관계자들을 여러 번 만났습니다. 결국, 주님은 우리의 기도를 들으시고 교수 회의에서 학생들의 참여를 허락해 주심과 동시에 신학원장님이 직접 세미나 참여를 권유하는 광고까지 해 주셔서 예상보다 훨씬 많은 신학생이 이 세미나에 등록하게 되었습니다.

신학생들이 자기 수업을 희생하고 이런 세미나에 참여한다는 것이 쉬운 일이 아닙니다. 등록 숫자도 많고 훈련 태도도 좋아서 오후 축호전도와 저녁 집회에 모든 훈련생이 함께 힘을 쏟아 높은 전도율과 성공적인 저녁 집회를 치를 수 있었습니다. 이 세미나를 통해 얻은 교훈은 주님의 사역에는 항상 장애물이 있지만, 그 장애물은 더 큰 축복을 위한 디딤돌이라는 사실입니다.

세미나가 끝나는 10월 31일 주일에는 푸른목장 교인 3명과 생명수교회 11명이 세례를 받았습니다. 그 어느 때보다 은혜로운 세례식이었습니다. 작년보다 법원 절차가 더 힘들어졌지만, 주님께서 도우셔서 세례식 전에 모든 법적인 절차를 마치고 세례를 베풀 수 있었습니다. 이번 세례식에는 생명수교회의 성장을 볼 수 있어서 더욱 감사했습니다.

3) 푸른목장교회(선교 센터 겸)부지 구입 완결

경사스러운 일이 연이어 계속되었습니다. 세례식 다음 날인 11월 1일, 센터부지를 구입했습니다. 변호사 사무실에서 서류 준비를 완료하는데 두 달이 지연되기는 했지만 모든 서류가 구비된 가운데 잔금이 치러지고 계약과 부지 등록(등기)까지 모두 마쳤습니다. 이 계약을 위하여 인도 오·엠 부책임자이신 알피 프랭스(Alfy Franks)목사님이 직접 푸네에 오셨고 인도 오·엠 법인(Good Shepherd Community Society) 이름으로 땅을 등록했습니다.

부지의 위치는 현재 푸른목장교회가 예배드리는 장소에서 약 10분 정도의 거리인데 개발 지역의 땅을 현 시가보다 좋은 가격에 구입했습니다(정부 책정 시가: 5,400만 원). 주변 경치도 아름다워 푸른목장이라는 이름이 잘 어울리는 장소입니다. 부지는 정확히 4,587 Sq.ft(약 138평)이고 부지 가격은 3,770만 원에 등록비 및 변호사료 등에 432만 원이 들었습니다. 전체 모금액 4,379만 원에서 모든 것을 지불하고 177만 원이 남았습니다. 좋은 땅을 살 수 있게 하신 주님을 찬양 드립니다. 앞으로 좋은 설계사와 건축 회사를 주님께서 붙여 주시도록 기도합니다.

4) 오·엠 단기 선교사 두 명 합류

지난 9월 초에 오·엠 단기 선교사 박선희 전도사님과 준단기 6개월 박려진 자매가 우리 팀에 합류했습니다. 박 전도사님은 2년간 이곳 사역을 돕게 되는데 교회 전도사로 7년 이상을 사역한 경험이 있습니다. 려진 자매는 부산 대청교회 출신으로 부산대 화학과 4학년에 재학 중입니다. 이들이 이곳 환경과 사역에 잘 적응하여 좋은 팀워크를 이룰 수 있도록 기도해 주세요.

3. 가족 소식 및 앞으로의 일정

1) 인도 한인선교사 대회 참석

11월 11일에서 14일까지 남인도 멩갈로에서 전인도 한인선교사 대회를 개최합니다. 이 대회에 우리 가족과 한국인 팀원 전체가 참여하게 되는데 영적으로 재충전되고 한인선교사들과 좋은 교제를 가질 기회인 것 같습니다. 이 대회는 2년마다 한국에서 강사를 초청하여 열고 있는데 이번 대회에는 아이들을 포함하여 200명 이상이 참여할 것으로 예상하고 있습니다. 안전하고 건강한 기차 여행이 될 수 있도록 기도해 주세요.

2) 안식년 계획

인도에 들어온 지 어느덧 5년이 되어갑니다. 내년 5월이면 우리 가족들의 여권과 비자가 모두 만료되기 때문에 그 기점을 시작으로 1년간 안식년을 가질 예정입니다. 한국 오·엠 정책으로는 4년 후에 안식년을 가질 수 있지만 얻어 놓은 비자가 아까워서 비자를 다 쓴 후에 안식년을 갖기로 생각한 것입니다. 앞으로 안식년 후 최소한 5년 이상은 더 사역할 계획이므로 이번 안식년에는 현재 사역을 더 효과적으로 개발할 수 있는 연구와 정보 수집에 시간을 보낼 계획입니다. 선교에 대한 정보는 미국 풀러 신학교가 가장 앞선다고 들었는데, 좀 더 구체적인 계획을 놓고 기도하고 있습니다. 안식년에도 이곳 인도 사역을 계속 진행시키면서 안식년을 가져야 하므로 더 많은 지혜와 기도가 필요할 것 같습니다.

사랑과 감사를 드리며…
인도에서 김세진, 박원선, 요한, 수빈 드림

〈기도 제목〉

1. 감사 1. 교회부지 구입을 완결하도록 은혜 주신 하나님께 감사드립니다.
2. 감사 2. 성공적인 전도 세미나와 세례식 그리고 의료 선교 사역을 감사드립니다.
3. 솔라포(Solapur) 지역을 막고 있는 강력한 힌두의 영이 무너지게 하소서.
4. 전도 세미나를 통해 교회에 출석한 교인들이 잘 정착할 수 있도록 도우소서.
5. 세례받은 14명의 성도가 영적으로 크게 성장할 수 있도록 하소서.
6. 교회 건축을 위한 좋은 설계사와 건축 회사를 붙여 주소서.
7. 두 명의 새로운 팀원들이 팀 사역에 잘 적응하게 하소서.
8. 한인선교사 대회가 은혜 충만하게 하소서.
9. 안식년을 계획하고 준비할 때 성령의 인도하심을 받게 하소서.
10. 가족들과 모든 KMCPT 사역자들이 성령 충만하게 하소서.

황무지에서 자라난 나무

사진으로 보는 기도 편지(2004-3호)

사랑의교회 의료 선교팀 진료

솔라포 텐트 복음 집회

전도 세미나(UBS)

연합 세례식(14명 세례)

황무지에서 자라난 나무

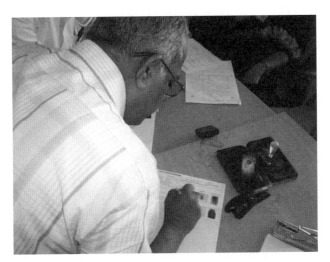

토지 등록에 서명하는 알피 프랭스

새로운 팀원(박선희, 박려진)

마라티 종족이
주님을 찬양할 때까지

1. 지난 5년을 돌아보며

안식년을 위해 곧 출발하는 시점에서 지난 5년간의 시간들을 돌아보게 됩니다. 한 가정으로 들어와 대가족(17명의 전임 사역자와 21명의 사모, 자녀)을 이루게 하셨습니다. 처음에는 꿈 같이 여겨졌던 일들이 벌써 현실로 이루어져 있고 앞으로 더 큰 일이 벌어질 것 같은 불길한 예감(?)이 들고 있습니다. 첫해에는 '교회 하나만 개척할 수 있어도 얼마나 좋을까?'라고 생각했었는데 어느덧 8개의 교회를 돌봐야 하는 현실에 와 있고, 제한된 법 가운데서 '한 명에게라도 세례를 줄 수 있다면 얼마나 좋을까?' 꿈꾸었는데, 지난 5년 동안 62명에게 세례를 주었고 639명(KMCPT 성도 수)의 양들을 돌봐야 하는 목자가 되어 버렸습니다. 그리고 이 교회 안에는 예수님으로 인하여 어둠에서 생명으로 옮겨진 고귀한 영혼들이 살아 숨 쉬고 있습니다. 소망스러운 일이 계속되고 있어서 안식년 후 2기 사역은 더 흥분되고 기대가 됩니다. '사막에서 샘이 솟아나게 하리라'(이사야 41:17-20)고 말씀하신 5년 전의 주님의 약속이 실로 헛된 것이 아니었습니다. 주의 약속을 따라 사는 자는 절대 실패하지 않습니다.

2. 사역 보고

1) 생명수교회(제3 마라티 교회) 부지 헌금

2002년 7월에 개척한 생명수교회가 이제 세례 교인 16명에 출석 교인 50명에 이르는 교회로 성장하게 되었습니다. 가정 교회로 시작하여 예배를 드리고 있기 때문에 담당 전도사님(비쉬와스 초글레) 사택에서 주일마다 모이고 있는데, 장소가 부족하여 복도까지 앉아 예배를 드리는 형편입니다(사진 참조). 그런데 지난달 기도가 응답하여 이 교회를 위해 부지 헌금을 하실 분이 생겼습니다. 그래서 지금 주변의 땅을 알아보고 있는데, 한 곳은 서류가 미비하여 구입이 어려울 것 같고 어제 본 땅은 가격이 적당해서 주인을 만나볼 예정에 있습니다. 적합한 땅을 좋은 가격에 구입할 수 있도록 기도 부탁드립니다. 이곳에 교회가 지어지면 주일학교 사역도 본격적으로 시작할 수 있을 것 같습니다.

2) 푸른목장교회(제2 마라티 교회) 내적인 성장

푸른목장교회는 최근에 내부적으로 좋은 일이 많이 생겼습니다. 첫째는 성경을 읽어주는 바이블 우먼(Bible Woman)들의 훈련을 시작한 것입니다. 지난 2년 정도 성경을 읽을 수 없는 교인들을(출석 교인들의 다수가 글을 읽지 못하는 문맹자들임) 집에 모아서 성경을 읽어주도록 하는 바이블 우먼을 4명을 세웠었는데, 이제는 이들이 마을 예배를 인도하는 셀 리더와 같은 역할을 하고 있습니다. 이번에 두 마을을 더 확장하여 총 6개 마을에 바이블 우먼을 세우고 이들을 돕는 보조 리더도 세워 성경 훈련을 시작했습니다. 성경 전체의 흐름과 성경의 각 권을 소개해 주는 '책별 성경공부'로 훈련하고 있는데 성경을 읽어주는 데 많은 도움이 되고 있습니다. 이 성경 읽기 모임은 6개 마을에 훈련과 전도의 중심지가 될 뿐만 아니라 기도의 진원지가 되고 있습니다. 두 번째 좋은 일은 '세례자 성경공부'가 활성화되고 있는 것입니다. 제자훈련 교재로 20주 특별 훈련을 하고 있는데 좋은 호응을 보이고 있습니다. 말씀을 사모하고 받아들이는 태도가 너무 진지해서 제가 큰 은혜를 받고 있습니다. 이들은 장차 교회의 집사, 권사, 장로로 세워질 일꾼들이기 때문에 이 훈련은 푸른목장교회의 미래와도 같은 것입니다. 셋째는 청소년들이 많이 성장하고 있습니다. 소망의 집 큐티 모임이 자리를 잡고 있고 와노와리 바자(Wanowadi Bazar)에서 여학생 기도 모임이 시작되었습니다. 그리고 많은 청소년이 수요 성경공부에 열심히 참석하고 있습니다. 다음 주에는 청소년 말씀 캠프를 준비하고 있습니다. 청소년 사역에는 역시 오·엠 단기 선교사들이 큰 몫을 담당하고 있습니다. 푸른목장교회가 내적으로 잘 자라게 하심을 감사드립니다.

3) 여름성경학교를 위하여

어제부터(4월 18일) 카트라지(제1 마라티 교회) 주일학교에서 여름성경학교를 시작했습니다. 인도는 4월 중순에 여름방학이 시작되기 때문에 이

기간에 많은 교회가 여름성경학교를 합니다. '하나님과 사람과 국가에 충성하는 어린이'라는 주제를 정하고 다니엘, 요셉, 에스더 성경 이야기로 말씀을 전하고 있습니다. 다신 우상으로 물들어 있고 정직성이 결여되어 있는 인도 아이들에게 이번 주제는 신앙 성장에 큰 도움이 될 것입니다. 이곳에는 성경학교 교재나 강습회가 있는 것이 아니므로 우리가 직접 말씀을 정하고 성경 공과 문제를 내고 활동 자료를 만들고 게임을 준비합니다. 심지어 주제 찬양도 작사 작곡을 합니다. 팀원들은 그림 자료나 활동 자료 준비로 거의 밤을 새우고 있습니다. 우리가 직접 만들어 가르치는 것이기 때문에 더 마음을 담아 전달할 수 있습니다. 이 성경학교는 토요일까지 (22~23일 푸른목장) 계속됩니다. 이번 성경학교를 통해 우리 아이들이 정직과 충성을 배울 수 있도록 기도해 주세요.

4) 핍박받는 비쉬와스 와그마레 목사님 가정을 위하여

우드기르(Udgir) 러브 교회(제4 마라티 교회) 목사님 부부가 지난주에 마을 사람들 십여 명에게 구타를 당했습니다. 머리와 등 그리고 팔다리에 피멍이 들 정도로 구타를 당해 잠시간 병원에 입원해야 했습니다. 구타한 이유는 자기 동네에 교회가 있는 것이 못마땅하기 때문이었습니다. 지난 5년 동안 이곳에서 예배를 드려왔는데 갑자기 이런 일이 벌어진 것은 분명히 영적인 싸움이 아닌가 하는 생각이 듭니다. 비쉬와스 와그마레 목사님 부부의 안전을 위하여 기도해 주시고 믿음으로 이 어려운 상황을 잘 극복할 수 있도록 기도해 주시길 바랍니다(러브 교회는 세례 교인 26명에 출석 교인 70여 명이 모이는 교회입니다).

3. 가족 소식 및 앞으로의 일정

1) 안식년 준비를 위하여

안식년 계획을 위하여 기도하는 가운데 안식년 기간에는 사역 보고(한 달)와 공부(11개월)에 중점을 두고 시간을 보내려고 합니다. 주님의 은혜로 미국 풀러 신학교(Fuller Theological Seminary)에 입학이 허락되어 '선교 목회학 박사 과정'을 공부할 수 있게 되었습니다. 그러나 지난 4월 13일 봄베이 미국 영사관에서 비자를 거절당했습니다. 인터뷰에서 선교사 신분을 밝힐 수 없어 학생 신분으로 비자를 신청했는데, 그 영사님의 눈에는 제가 직업이 없고 미국에 불법 체류할 가능성이 큰 인물로 판단한 것 같습니다. 그래서 한국에 있는 미국 대사관에 재신청을 할 예정인데 비자 취득 여부에 따라 안식년 계획이 바뀔 것 같습니다.

풀러에서 공부하는 것이 하나님의 뜻이라면 비자를 주실 것이고 아니면 다른 좋은 길을 열어 주시리라 확신합니다. 이곳 사역은 인수인계가 잘 되었고 함께 팀으로 사역하는 한국인 선교사(7명)들과 현지 사역자들(8명)을 통하여 계속 진행될 것입니다. 현재 진행되는 사역은 하나도 빠짐없이 계속될 것이고 교회 건축에 따른 프로젝터들은 안식년 후에 시작할 계획입니다. 4월 26일(화) 가족들과 한국에 입국할 예정입니다. 연락처는 한국에 도착하면 싸이월드 홈페이지에 올리도록 하겠습니다.

2) 사랑의교회 의료 선교팀

올해 8월 10일부터 15일까지 사랑의교회 의료 선교팀이 시골 우드기르

(Udgir) 지역에서 의료 봉사 활동을 벌이게 됩니다. 약 10여 명의 의사, 간호사 등으로 구성된 이번 팀은 3일 동안 600여 명의 환자를 진료할 예정입니다. 우드기르는 의료 혜택을 잘 받지 못하는 시골 지역이기 때문에 큰 호응을 받게 될 것입니다. 그러나 이곳 과격 힌두교 단체나 반기독교 단체들이 시비를 걸 수도 있기 때문에 조심스럽기도 합니다. 이 기간에는 안식년 중이지만 제가 인도에 입국하여 의료 사역을 도울 계획에 있습니다. 많은 심령의 몸과 마음을 치료하여 복음에 가까이 다가오는 영혼들이 많을 수 있도록 기도해 주세요.

사랑과 감사를 드리며…
인도에서 김세진, 박원선, 요한, 수빈 올림

〈기도 제목〉

1. 감사 1. 지난 5년간의 은혜와 사역의 열매들로 인해 감사드립니다.
2. 감사 2. 생명수교회 부지 구입을 위해 헌금해 주신 분으로 인하여 감사합니다.
3. 제2 마라티(푸른목장) 교회가 질적, 양적으로 성장하게 하소서.
4. 여름성경학교를 통해 아이들이 정직하고 충성된 아이들로 자라게 하소서.
5. 핍박받는 비쉬와스 와그마레 목사님 가정을 보호하소서.
6. 안식년 계획이 주님의 은혜 가운데 잘 열리게 하소서.
7. 사랑의 의료팀 사역을 축복하시고 많은 영혼을 치료하는 기간이 되게 하소서.
8. 두고 가는 오·엠 단기 선교사 7명과 현지인 사역자 8가정을 지키시고 강건케 하소서.
9. KMCPT 사역을 통해 더 많은 마라티 영혼들이 구원받게 하소서.

사진으로 보는 기도 편지(2005-2호)

바이블 우먼들의 성경 훈련(휴식 중 모습)

여름성경학교 1(성경 이야기)

여름성경학교 2(분반 공부)

황무지에서 자라난 나무

마라티 종족이
주님을 찬양할 때까지

1. 안식년을 마치고

사랑하는 동역자 여러분! 안녕하세요. 1년 남짓한 안식년을 은혜 가운데 잘 마치고 어제(7월 6일) 인도에 들어왔습니다. 안식년은 주로 풀러 신학교에서 공부하는 시간으로 보냈는데 가족 모두에게 축복된 시간이었습니다. 지난 5년간의 선교 사역을 객관적으로 평가해 보고 새로운 선교 전략을

안식년 기간 중 가족사진

세울 수 있었던 귀한 시간이었지요. 아이들도 학업을 중지하지 않고 한 학년을 공부할 수 있게 되어 감사했습니다. 동역자 여러분들의 기도와 배려가 없었더라면 이번 안식년은 불가능했기에 깊은 감사를 드립니다. 염려했던 미국 비자의 문제나 학비 문제 그리고 두고 떠나는 인도 사역들을 하나님께서 신실하게 돌봐주셨습니다. 이번 안식년을 통하여 우리의 소원을 만족게 하시고 더 좋은 것으로 채우시는 살아계신 하나님을 다시 한 번 경험하게 되었습니다. 이제 가족 모두가 건강한 모습으로 제2기 사역을 시작할 수 있게 되어 하나님께 감사드립니다.

2. 안식년 보고

1) 풀러 신학교 공부

제가 풀러(Fuller)에서 1년간 연구한 내용은 세 가지로 나눌 수 있습니다. 첫째는 어떻게 하면 개척된 교회들을 자립시킬 수 있을까? 둘째는 개척된 교회들이 건강하게 성장하는 방법은 무엇인가? 셋째는 나는 어떤 선교 철학과 방법론을 가지고 지금까지 선교해 왔으며 앞으로 선교해 나갈 것인가? 하는 것입니다. 강의와 독서 그리고 연구 보고서 작성을 통하여 많은 도움을 얻을 수 있었습니다.

지난 5년간의 사역에서 발견된 문제점은 토착적인 교회가 아닌 선교사 중심의 의존적인 교회를 세웠다는 것과 사랑이 결여된 실적 중심의 선교

황무지에서 자라난 나무

풀러 박기호 교수님과 학우 선교사님들

사역을 강조했다는 점입니다. 그리고 장기적인 선교 전략이 없이 근시안적인 선교를 했습니다. 이런 문제점들을 극복하고 더 낳은 선교를 하기 위하여 고민하며 연구했습니다. 아직도 완전한 해답을 얻은 것은 아니지만 많은 고민이 해결된 것은 사실입니다. 그래서 앞으로의 사역이 흥분되고 더욱 기대됩니다.

원칙적으로는 자립 정책을 통한 교회 성장을 강조할 것입니다. 그러면서도 사랑으로 사람들을 세우는 일을 놓치지 않으려고 합니다. 그러나 선교라는 것이 수학 공식처럼 이론을 적용하면 항상 동일한 결과가 나오는 것이 아니기 때문에, 순간순간 도우시는 성령님의 인도하심이 절실히 필요한 때입니다. 배운 지식에만 머물지 말고 더 크신 성령님의 음성에 귀 기울일 수 있는 선교사가 될 수 있도록 기도해 주세요.

2) 가족들의 안식년

생활비가 높은 미국에서 안식년을 무사히 보낼 수 있었던 것은 주님의 세심한 도우심이 있었기 때문입니다. 먼저 가족들이 머물 수 있는 미션 홈(선교관)에 들어갔습니다. 집세가 비싼 미국에서 미션 홈은 경제적으로 큰 도움이 되었습니다. 그리고 장학금을 지급해 준 교회를 만났습니다. 저를 협동선교사로 초청해서 장학금을 지급해 준 '쉴만한물가'라는 교회입니다. 주말에 이 교회를 섬기며 영적으로 많은 축복을 받았습니다. 또 하나는 아이들의 학비가 들지 않았습니다. 다니엘 웹스터(Daniel Webster)라는 공립학교에 다녔는데 학비는 물론 급식까지 무료로 제공받았습니다. 여기에서 요한이는 초등학교 6학년 과정을, 수빈이는 4학년 과정을 잘 마칠 수 있었습니다. 아내도 미션 홈에 오신 여러 사모님과 우정을 나누면서 많은 힘을 얻었고 풀러 신학교에서 저와 같이 수업을 청강할 수 있었습니다.

더 감사한 것은 안식년 동안 저의 후원을 중단한 교회나 개인이 거의 없었다는 사실입니다. 이와 같은 주님의 은혜와 많은 분의 사랑을 통하여 저는 안식년을 잘 마칠 수 있었습니다. 어디를 가나 좋은 것으로 함께 하시는

요한 담임선생님

수빈 담임선생님

황무지에서 자라난 나무

주님을 찬양합니다.

3) 두고 온 인도 사역

푸네 사역자들

두고 온 인도 사역에도 주님의 은혜가 넘쳤습니다. 제가 자리를 비운 기간에 한국 오·엠을 통해 8명의 단기 선교사들을 보내주셨습니다. 이들은 현지인 사역자들과 한마음이 되어 개척된 8개의 교회를 잘 이끌어 주었습니다. 경험이 부족한 단기사역자들이었지만 순수한 헌신과 열정으로 인내하며 모든 사역을 잘 감당해 내었습니다. 현지 교회들은 이전보다 더 자립적인 모습으로 성장하고 있어 감사할 따름입니다. 이제 7, 8월 중에 그동안 수고하신 세 명의 사역자들이(박선희, 나정숙, 이정엽) 임기를 마치고 돌아가게 되며 새로운 3명의 사역자가 합류할 예정입니다. 역시 하나님은 충성된 일꾼을 통하여 자신의 교회를 지키시며 세우시는 분이십니다.

3. 앞으로의 사역

1) 지도력 이양과 새로운 교회 개척

제2기 사역에는 푸네에 있는 세 개의 교회를 현지인 사역자들에게 이양하고 새로운 지역에 교회를 개척할 예정입니다. 개척된 교회들은 선교사들의 도움을 줄이면서 스스로 자립, 자치, 자전할 수 있도록 도울 것입니다. 언어 훈련과 현지 적응이 필요한 한국 팀원들은 푸네에 남아서 이곳 교회들을 도울 것이고, 다른 팀원들은 저와 같이 개척 팀에 합류하게 될 것입니다. 이러한 새로운 개척과 더불어 기존 교회들도 자립과 동시에 지 교회를 세우는 책임을 지게 됩니다. 앞으로의 사역은 더욱 역동적이고 진취적인 모습으로 나아가게 될 것입니다. 10년 안에 50개의 교회를 개척하는 비전은 아직 살아있습니다.

2) 약한 자를 돌아보는 사역

전도 중심의 교회 개척을 하면서도 구제와 봉사를 잃지 않는 선교를 하

의료 봉사

황무지에서 자라난 나무

려고 합니다. 약한 자들과 가난한 자들을 돌아보며 사랑을 베푸는 일이 우리 사역에서 떠나지 않게 할 것입니다. 이것이 주님께서 기뻐하시는 선교라는 것을 더욱 깨닫게 하셨습니다. 이런 사역을 위해 지혜와 사람들이 필요한 때인 것 같습니다. 천국 문집, 여자 소망의 집, 노숙자 급식, 순회 의료팀 등등… 생각만 해도 벌써 마음이 흐뭇해지는 느낌입니다.

3) 영적 대결과 중보기도

이곳의 현실적인 필요에 따라 병 고침과 축사를 병행하는 영적 대결 사역도 배제할 수 없을 것 같습니다. 앞으로 더 개발하고 기도해야 할 영역이지만 다신을 섬기는 이들에게는 우리의 하나님이 그들의 신들보다 강하신 분임을 보여주는 것이 때로는 필요한 것 같습니다. 이 지역을 묶고 있는 강한 영적인 진들을 깨트리는 중보기도 사역도 더욱 개발해야 할 사역 중의 하나입니다.

4) 성경학교를 통한 전도 전략

안수기도

성경학교를 통하여 준비된 일꾼들을 훈련하고 양성하는 사역은 2기 사역 중에 핵심적인 사역이 될 것입니다. 일정한 기간 합숙하면서 영성 훈련과 전도 실습 그리고 찬양과 기도를 통한 개인적인 부흥을 경험하도록 하는 것이 훈련의 목표입니다. 이 사역은 평신도 선교사와 교회 지도자들을 배출해 낼 수 있을 뿐 아니라, 성경학교가 진행되는 지역을 전도할 수 있는 좋은 전략을 마련하고 있습니다.

이런 모든 전략과 수고도 여러분의 기도가 없이는 성공적으로 열매 맺지 못합니다. 우물에 내려간 저희를 위하여 두레박 끈을 굳게 잡아 주시길 바랍니다.

감사와 사랑을 드리며…
인도 푸네(Pune)에서 KMCPT 일동과 김세진, 박원선, 요한, 수빈 올림

〈기도 제목〉

1. 감사
   1) 안식년을 잘 마치고 건강한 모습으로 2기 사역을 시작하게 하심을 감사드립니다.
   2) 두고 온 인도 사역을 지켜 주신 주님을 찬양합니다.
2. 간구
   1) 지난 사역을 평가하고 새로운 전략으로 나아갈 때 온 팀원들이 한마음 되게 하소서.
   2) 팀 숙소 이전(移轉)에 하나님의 은혜가 함께하시길 기도해 주세요.
   3) 새로운 교회 개척에 대한 지혜와 방법을 보여주소서.
   4) 개척된 교회들이 '자생하는 토착교회'로 세워질 수 있도록 도와주소서!

마라티 종족이
주님을 찬양할 때까지

1. 안녕하세요

　사랑하는 동역자 여러분! 부활한 주님의 이름으로 문안드립니다. 고난
주간을 보내면서 주님께서 당하신 몇 가지의 고난을 생각해 보았습니다.
바리새인들의 말 고문, 제자들의 배반, 군병들의 모욕 그리고 십자가의 고
통… 이 모든 고난을 통과하면서 주님께서 보여주신 변함없는 사랑과 인

기도하는 김 선교사 부부

내는 저에게 큰 교훈이 되었습니다. 부활의 영광은 고난을 통과한 후에 더 빛나는 것 같습니다. 그날의 영광을 위해 저도 이곳에서 주어진 작은 고난들을 인내로서 경주하려고 합니다.

팀 하우스를 이사 한 후에 새로운 처소에서 새 마음으로 사역에 임하고 있습니다. 푸네 교회는 '성경 강조 정책'에 따라 영성 수련회와 6주 과정 전교인 말씀 훈련이 있었습니다. 솔라포에서는 영어교실 2기 종강파티와 수료식이 있었습니다. 한국에는 봄소식이 있는데 이곳은 본격적인 여름이 시작되었습니다. 대부분의 학교는 방학에 들어갔고 오후 시간에는 사람들의 움직임도 줄어들고 있지요. 그러나 우리 팀은 십자수 캠프와 마라티어 캠프 그리고 다섯 교회에서 진행할 여름성경학교 준비로 분주합니다.

2. 사역 보고

1) 셀 리더 영성 수련회(Cell Leader Retreat)

지난 3월 1일부터 3일까지 셀 리더 30여 명과 함께 영성 수련회(리트릿)를 가졌습니다. 푸네에서 약 50킬로 정도 떨어진 나사르푸르(Nasarpur)라는 지역에서 2박 3일 동안 합숙을 하면서 진행했

강의하는 김 선교사

황무지에서 자라난 나무

습니다. 푸른목장교회 13명과 생명수교회 16명과 스텝 11명이 참석하였는데, 서로를 알아가는 공동체 게임으로부터 시작하여 개인의 영·육 문제를 다루는 강의(용서, 치유)와 큐티, 기도, 전도에 대한 실습 훈련도 했습니다. 특히 교역자들이 리더들의 발을 씻어주는 세족식 시간에는 서로가 부둥켜안고 우는 감동적인 시간이었습니다. 이제 이들은 본격적인 제자훈련 1년 과정에 들어가게 되는데 이들 중 아직 셀을 시작하지 않

강의를 듣는 셀 리더들

제자훈련 출범식

은 사람들은 1년 안에 자기 셀을 개척하는 목표가 있습니다. 두 교회의 리더들이 스태프들과 함께 하나 되어 연합하는 아름다운 시간이었습니다. 리트릿 장소에 뱀과 원숭이 떼가 출현해 볼거리도 더해주는 시간이었습니다. 이 시간을 통해 푸네 교회들이 이제는 많이 자랐다는 생각을 하면서 하나님께 감사드렸습니다.

2) 전교인 '믿음의 기초' 성경 훈련

교회를 오래 다녀도 신앙의 기초가 없이 연수만 채우는 교인들이 생겨나는 것 같아서 '믿음의 기초' 성경 훈련을 전 교회에서 시행했습니다. 6주 연

속으로 성경, 예수님의 신성, 구원, 성령 하나님, 치유, 성례식에 대한 것을 전 교인에게 가르쳤는데, 평소 예배 때보다 더 많은 사람이 참석하는 성황을 이루었습니다. 국제성서 학교(ISOM) 교제를 마라티어로 번역하여 가르쳤는데 6주 과정을 모두 이수한 사람은 80여 명이었습니다. 솔라포와 우드길 교회에서도 현재 3주째 훈련이 진행되고 있습니다. 6주 과정을 수료한 사람들은 선물로 바닷가 소풍에 초청받았습니다. 소풍에 참석한 교인 중에 43명은 바다를 처음 보는 사람들이었으니 이 소풍이 이들에게 얼마나 의미 있는 시간이었는지는 짐작이 가실 겁니다. 말씀도 배우고 바다도 볼 수 있었으니 영·육이 신나는 시간이었습니다.

강의를 듣는 성도들

야외 예배

3) 부활절 세례식

4월 8일 부활절 날 15명의 세례를 받았습니다. 이번 세례식에는 6주 과

황무지에서 자라난 나무

정 '믿음의 기초' 공부를 하면서 세례를 결심한 샤쿤탈라 할머니와 소망의 집에서 3년간 생활한 게네쉬 형제도 포함되어 있었습니다. 샤쿤탈라 할머니는 이전에 셀 모임까지 방해한 적이 있었던 분인데 이번에 우상을 버리고 세례를 결심한 것입니다. 게네쉬는 '소망의 집' 첫 열매로서 세례식 후 인도 오·엠에 1년간 조인을 하게 됩니다. 15명의 세례자들이 영적으로 더욱 성장할 수 있도록 기도 부탁드립니다.

세례받은 게네쉬   세례받는 샤쿤탈라 할머니

4) 솔라포 영어 교실 2기 수료식

복음을 받는 아이들

솔라포 개척 사역지인 '조빠르빠띠' 지역에 제2기 영어교실 수료식이 있었습니다. 32명이 6주 영어 과정을 수료했습니다. 이번에는 수료자들을 종강파티에 초대해 복음을 소개하고 기도하는 시

간도 가졌습니다. 모두가 진지하게 기도를 했는데 이들의 가슴속에 주님의 사랑이 조금씩 심어지길 바랍니다. 수료식에는 그 지역 시 의원(Municipal Cooperator)인 '마두카 아뚜워레' 씨도 참석하여 수료자들을 축하해 주셨습니다. 마두카 씨는 우리의 도움에 감사하면서, 최근에 솔라 포시에서 재봉 훈련을 받은 수료자 20명에게 재봉틀 20대(약 100만 원)의 기증을 요청했습니다. 스무 가정에 생계를 도울 수 있는 일이라 긍정적으로 받아들이고 기도하기로 했습니다. 더위 가운데 마을에 들어가 교사로 수고한 세 명의 단기 선교사(오미은, 윤수정, 정한주)들에게 감사를 드립니다.

종강파티

수료자 32명

3. 이사 및 건축 소식

1) 새로운 팀 하우스

지난 1월 30일에는 푸네팀 하우스를 근처 아파트로 옮겼습니다. 3년간

황무지에서 자라난 나무

살았던 플라워 벨리를 떠나 '윈즈 에버뉴'라는 새로운 아파트로 옮겼는데 전망도 괜찮고 사람들도 친절해서 감사하고 있습니다. 이곳에는 아내와 요한, 수빈이 그리고 3명의 팀원(김혜현, 정두용, 우성혜)이 살고 있습니다. 조카 성율이는 같은 아파트에서 한국 유학생들을 받아 푸네에서 공부시키는 일을 시작하려고 합니다.

연이어 2월 15일에는 솔라포팀 하우스와 성경학교도 이사했는데 솔라포 중심가에 자리 잡은 단독 주택입니다. 1층은 성경학교로 그리고 2층은 팀 하우스로 임대했습니다. 지난 숙소에 비해 교통도 좋고 시장도 가까워 편리해진 느낌입니다. 특히 주인이 인버터를 설치해 주어서 여름에 정전되어도 선풍기는 돌릴 수 있게 되었습니다. 아직 숙소에 인터넷을 연결하지 않아서 푸네에 나갈 때 이 메일을 체크하고 있습니다. 이곳에는 저와 팀원 3명(오미은, 윤수정, 정한주)이 살고 있습니다.

2) 가는 사람, 오는 사람

2년간 팀에서 수고한 오미은 선교사가 4월 26일 귀국합니다. 솔라포 팀장으로 신실한 사역을 감당했으며 팀 행정 사역자로서 많은 도움을 주었습니다. 귀국 후에 장기 선교를 생각하고 있는데 주님께서 선하게 인도하실 줄 믿습니다. 이곳에서 1년 사역을 마치고 귀국한 황규영 자매가 2년 단기 선교사로 다시 인도에 들어옵니다. 5월 중순에 입국하여 솔라포팀에 합류할 예정입니다. 귀국하는 미은 자매와 다시 들어오는 규영 자매를 위해 기도해 주세요.

오미은, 아내, 황규영

3) 푸른목장교회 건축과 솔라포 성경학교부지 구입

푸른목장교회 설계도가 완성되어 건축 허가에 들어갑니다. 인도 오·엠에서 대리 위임장을 보내주어 본격적인 건축을 진행하고 있습니다. 건축 허가를 받는데 약 두 달이 걸린다고 하는데 허가로부터 건축에 이르기까지 주님의 손길이 함께 하시도록 기도 부탁드립니다.

솔라포 성경학교(진광 아카데미) 부지 300평을 구입하기로 결정하고 선금을 지불했습니다. 이 땅 주인은 인도 목사님인데 신학교를 짓기 위해 오래전에 구입해 두었다가 우리에게 팔게 된 것입니다. 주인은 바뀌어도 하나님의 계획은 그 땅에서 계속 진행될 것 같습니다. 이제 비농지허가서(Non-Agricultural Certificate)가 나오는 대로 잔금 지불과 등록에 들어가게 됩니다. 비농지허가서가 나오는데 최소한 석 달이 걸린다고 하는데 잘 나오도록 기도해 주세요.

황무지에서 자라난 나무

솔라포 성경학교 부지

4) 솔라포 차량 구입 후원

솔라포 사역에 사용할 차량을 구입하기 위해 8개월 동안 기도해 왔는데, 이번 달에 휴스턴 서울 침례교회에서 유재흥 집사님이 2,000불, 사랑의교회에서 이동현 집사님이 600만 원을 후원해 주셔서 차량 구입의 꿈이 현실로 다가온 듯합니다. 팀에서 그동안 저축해 둔 490만 원을 합하면 1,280만 원이 모인 것입니다. 구입하려는 차량은(토요타 8인승) 약 2,150만 원인데 약 870만 원이 더 필요한 상태입니다. 후원해 주신 두 분께 감사드립니다.

'믿음의 기초' 과정 수료자 바닷가 소풍

감사와 사랑을 드리며…
인도에서 김세진, 박원선, 요한, 수빈
그리고 KMCPT 가족 드림

〈기도 제목〉

1. 감사
   1) 푸네 교회들의 성장과 말씀 훈련에 감사드립니다(리트릿, 세례식, 6주 훈련 등).
   2) 새로운 팀 하우스와 차량 헌금에 감사드립니다.

2. 간구
   1) 한국인 마라티 사역자 모두가 성령 충만하고 건강하게 하소서.
   2) 셀 리더들이 제자훈련을 통해 주님 닮은 지도자로 세워질 수 있게 하소서.
   3) 솔라포 '조빠르 빠띠' 지역에 변혁의 교회가 세워지게 하소서(5월 둘째 주 십자수 캠프가 은혜롭게 진행되게 하시며, 재봉틀 20대 기증자(약 100만 원)가 나타나게 하소서).
   4) 4월 30일에서 5월 5일까지 진행되는 여름성경학교를 통해 아이들이 성령을 따라 살게 하소서[2007년 KMCPT 여름성경학교 주제: 성령을 따라 살자(갈 5:16)].

황무지에서 자라난 나무

마라티 종족이
주님을 찬양할 때까지

1. 안녕하세요!

사랑하는 동역자 여러분! 2009년 연말을 잘 보내고 계십니까? 감사로 한 해를 마무리하며 선교의 기쁜 소식을 전합니다. 이번 겨울은 인도에 온 지 10년을 채우는 해입니다. 그 어느 때보다도 하나님의 은혜와 도우심을

감사하는 뜻깊은 시간입니다. 여러분의 가정에도 주님의 은혜가 넘쳤으면
좋겠습니다.

2. 사역 보고

1) 청소년 수련회(10월 19일~21일)

청소년 수련회는 기다렸다는 듯이 지원자들이 속출하여 100명이 넘는
지원자들이 참석하는 성황을 이루었다. '하나님의 부르심과 우리의 반응'이
라는 주제로 여호수아서를 통해 메시지가 선포되었는데, 1) 소명 2) 행동
하는 소명자 3) 장애 극복 4) 십자가와 소명자라는 단계적인 말씀의 도전
이 있었다. 메시지에 따른 주제를 가지고 토론하는 소그룹 모임이 진행되
었고, 기독청년의 대학생활과 직장생활에 대한 특강이 간증을 곁들여 진
행되었다. 잣나무교회 성도들은 이번 수련회를 위해 음식으로 봉사했는데,
덕분에 청년들이 양질의 식사를 마음껏 즐길 수 있었다. 이번 수련회를 통
해 소명을 따라 살기로 헌신한 청년 중에서 '복음 전도자'의 삶을 살기로
헌신한 청년들도 꽤 많이 나왔다. 이번 청년수련회를 통해 주님께서 우리
KMCPT 교회의 밝은 미래를 보여주신 것 같다. 미래의 주님의 일꾼들이
교회를 통해 계속 배출되게 하소서!

환영 송, 동영상 시청, 식사 봉사 팀

단체사진, 강의, 스태프 사진, 소그룹 모임

황무지에서 자라난 나무

2) 올리브교회 헌당 예배(10월 28일)

리본 컷팅, 환영사, 참석자, 머릿돌

귀빈기념사진, 메시지, 축사, 축하 순서

황무지에서 자라난 나무

올리브교회 예배당을 헌당하는 복된 시간을 지난 10월 28일 가졌다. 주 후원 교회인 부산 성일교회 정인식 담임목사님과 후원자 장로님, 권사님들과 솔라포시 행정관 그리고 인도 오·엠 GSCC 총무 목사님이 헌당식 귀빈으로 초청되었다. 푸네와 오스마나바드 등에서 축하를 하기 위해 온 KMCPT 성도들과 올리브교회 주일학교 아이들까지 예배당을 가득 메웠다.

리본 커팅에서 시작하여 동영상(올리브교회 역사)과 메시지 그리고 축하 행사에 이르기까지 웃음과 기쁨이 떠나질 않았다. 주변 주민들도 이 경사스러운 행사를 축하하고 저녁 식사를 하고 돌아가기도 했다. 이번 헌당식을 통해 성일교회와 KMCPT는 앞으로 더 긴밀한 동역을 할 수 있는 계기를 마련하게 되었다. 주여! 이 성전을 통해 많은 영혼을 구원하소서!

3) 인도 IMA와 파트너쉽 모임(11월 23일~26일)

전인도 한인선교사 협의회는 3년 전부터 인도 IMA(인도선교협의회)와 파트너쉽을 통한 사역을 모색해 왔다. IMA는 인도 안에서 활동하는 230개의 건전한 선교 단체들의 협의회인데, 한인선교사들이 현지 단체들과 공조하여 더 효과적인 사역을 모색해 나가자는 취지가 있다. 나는 작년부터 부회장의 자격으로 파트너쉽 미팅에 참여하게 되었는데, 인도 현지 단체들의 놀라운 사역 활동에 큰 충격을 받고 있다.

지난 11월 23, 24일에는 푸네 UBS 신학교에서 중부지역 파트너쉽 미팅을 했는데, 마하라슈트라에서 활동하는 여러 IMA 단체들의 사역 소개가 있었고 한인선교사들의 사역도 소개되었다.

황무지에서 자라난 나무

25, 26일에는 신임 한인선교사들의 오리엔테이션 시간도 가졌는데 선임 선교사들이 사역의 노하우를 후배들에게 나누는 유익한 시간이었다. IMA와 좋은 협력 관계를 통해 더 멋진 인도 선교를 이루어 나갈 수 있도록 기도해 주세요. 주여! 인도 선교가 주의 종들의 연합을 통하여 꽃을 피우게 하소서!

4) 전도 세미나 및 전도집회(12월 8일~10일)

올해는 성탄 시즌을 맞아 복음전파에 더 주력하기로 하고, 지난 4년 동안 진행하지 못했던 전도 세미나를 KMCPT 자력으로 진행했다. 푸네 두 교회(푸른목장, 생명수)에서 참석한 25여 명의 성도가 솔라포 성도들과 연합하여 전도 훈련을 받았고 3일간의 축호전도를 통해 792명에게 복음을 전하고 저녁 집회에 602명을 초청했다. 이번 전도집회를 통해 잣나무, 올리브교회가 많은 복음 관심 자들을 얻게 되어 수적 성장에 큰 힘이 될 것 같다. 이번 캠페인을 KMCPT 자력으로 준비하고 진행된 행사여서 더 뜻깊다 하겠다. 주여! 교회마다 복음의 열정을 더 부어 주소서!

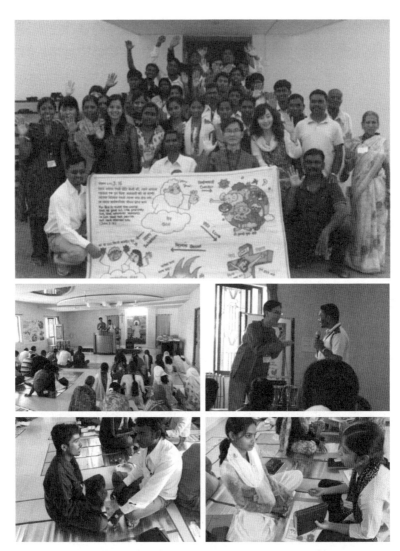

솔라포 전도 세미나 (참석자 단체 사진), 전도 강의, 실습

황무지에서 자라난 나무

올리브교회 저녁 집회, 전도구호제창, 축호전도, 복음제시

3. 가족 소식 / 사역 일정

1) 가족 소식

요한이가 방학을 맞아 집에 왔고 수빈이도 오늘부터 방학에 들어가 오랜만에 온 가족이 모이게 되었다. 저희 부부는 내년 2월 중순에 여권과 비자 갱신을 위해 입국할 예정이다. 마침 한국 오·엠 20주년 기념 중앙이사회가 2월 25일 열리게 되는데 우리 부부도 초청을 받았다. 비자 문제와 자녀 교육에 주님의 은혜를 부어 주소서!

2) 앞으로 일정

a) 연합 성탄 축하 행사: 12/19 푸네, 12/23 솔라포
b) 성탄 축하 예배: 12/25일

솔라포 성탄 행사를 마치고(팀원들)

황무지에서 자라난 나무

c) 전 KMCPT 스탭 신년 전략회의: 1월 6~7일

d) 김정희 선교사 귀국: 1월 4일, 임주영 선교사 귀국: 2월 3일, 김유경, 구동우 선교사 입국: 1월 중순경.

〈기도 제목〉

1. 감사
   1) 은혜로운 올리브교회 헌당 예배로 인해 감사드립니다.
   2) 성공적인 청년수련회와 전도 세미나로 인해 감사합니다.
2. 간구
   1) KMCPT 청년들이 하나님의 소명을 따라 살며 미래의 주인공이 되게 하소서.
   2) 올리브교회 헌당을 통해 교회가 더욱 부흥하게 하소서.
   3) IMA와 협력을 통한 좋은 협력 사역이 인도 땅에서 일어나게 하소서.
   4) 전도 세미나를 통해 솔라포 교회들이 성장하게 하시고, KMCP 교회들이 더욱 전도하는 교회가 되게 하소서.
   5) 김정희, 임주영 선교사의 좋은 마무리 사역과 새롭게 입국하는 두 선교사의 입국을 위하여
   6) 성탄과 연말 사역을 잘 마무리하고, 신년 사역을 잘 계획하도록
   7) 가족들의 건강과(아내, 요한, 수빈) 방학 기간에 뜻깊은 시간이 되게 하소서.

2009년 KMCPT 교회 출석 통계표

09 Attendance of The KMCPT Churches

	Pine tree	Olive	Green Pasture	Cedar Youth	Cedar Sunday	Living Water	Love	Peace	Good Tree	Beed	Total
04-1	212	248	170	48	397	139	113	79	68	0	1474
11-1	203	214	192	35	279	143	96	81	57	0	1300
18-1	112	181	177	39	243	141	124	87	67	0	1171
25-1	101	153	172	93	310	139	127	103	48	0	1246
01-2	113	133	109	44	284	142	155	61	61	0	1102
08-2	94	171	152	37	328	144	189	62	65	0	1242
15-2	88	183	151	38	242	159	191	80	52	0	1184
22-2	137	154	154	37	260	161	207	75	67	0	1252
01-3	136	170	173	33	236	156	128	60	67	0	1159
08-3	155	179	172	34	216	157	169	72	0	0	1154
15-3	136	105	186	33	85	154	164	76	68	0	1007
22-3	146	193	179	34	240	156	185	79	0	0	1212
29-3	146	193	183	30	265	145	204	77	51	0	1294
05-4	104	217	155	27	193	149	134	56	55	0	1090
12-4	93	166	191	29	183	148	184	65	64	0	1123
19-4	102	115	130	25	191	135	190	57	55	0	1000
26-4	122	105	172	26	183	135	218	67	60	0	1088
03-5	63	90	153	29	122	112	165	51	56	0	841
10-5	56	74	116	25	92	114	176	59	60	0	772
17-5	66	91	117	23	96	113	200	61	68	0	835
24-5	99	90	98	21	107	112	197	58	48	0	830
31-5	87	105	95	19	151	142	158	63	46	0	866
07-6	68	109	117	30	145	140	107	59	74	0	849
14-6	100	120	135	32	86	144	120	67	70	0	874
21-6	90	108	115	27	230	169	135	71	56	0	1001
28-6	113	122	128	28	228	132	137	68	71	0	1027
05-7	110	138	144	29	217	165	134	73	89	0	1099

황무지에서 자라난 나무

12–7	91	141	142	31	259	165	141	74	77	54	1175
19–7	146	149	141	36	272	168	153	71	90	49	1275
26–7	123	89	138	41	225	159	177	76	83	53	1164
02–8	137	127	266	98	356	132	118	71	72	50	1427
09–8	212	242	164	47	173	154	122	70	87	48	1319
16–8	171	224	160	44	131	143	147	72	69	40	1201
23–8	122	200	134	34	92	126	151	68	74	32	1033
30–8	114	204	135	24	124	120	146	69	92	51	1079
06–9	122	197	147	37	191	143	147	67	116	35	1202
13–9	106	201	128	61	168	142	156	72	77	30	1141
20–9	113	268	139	40	172	156	167	62	63	36	1216
27–9	113	143	158	30	115	143	102	89	64	25	982
04–10	53	215	143	26	188	137	130	69	79	25	1065
11–10	65	186	147	25	228	152	140	71	84	21	1119
18–10	82	125	102	24	114	140	132	75	87	17	898
25–10	119	172	101	29	202	148	146	70	66	21	1074
01–11	129	170	146	33	183	152	115	72	66	23	1089
08–11	136	188	121	44	225	165	116	72	80	24	1171
15–11	132	197	163	35	196	153	129	69	86	21	1181
22–11	139	170	155	36	192	128	151	71	80	35	1157
29–11	138	115	87	22	175	137	137	65	71	36	983
06–12	139	136	157	35	178	164	128	89	84	39	1149
13–12	128	155	129	44	171	159	152	85	67	38	1128
20–12	137	143	147	65	240	164	178	91	83	42	1290
25–12	—	—	264	—	—	217	—	160	—	—	641
27–12	161	232	131	37	418	140	179	99	83	35	1515
Total	6180	8316	7881	1883	10597	7753	7867	3886	3523	880	58766
Average	118.85	159.92	148.70	36.21	203.79	146.28	151.29	73.32	67.75	34.68	1140.79
LastYear Average	73.71	167.48	148.32	36.83	186.40	136.27	100.15	71.60	85.63	—	1006.39
	61%	−5%	0%	−2%	9%	7%	51%	2%	−21%	—	

〈푸네〉

1) 푸른목장교회-149명

2) 생명수교회-146명

3) 백향목 주일학교, 청소년-240명

〈솔라포〉

1) 올리브교회-160명

2) 잣나무교회-119명

〈오스마나바드〉

좋은나무교회-68명

〈비드〉

비드 교회-35명

〈우드길〉

1) 러브 교회-151명

2) 피스 교회-73명

합계: 1,140명

황무지에서 자라난 나무

마라티 종족이
주님을 찬양할 때까지

1. 안녕하세요!

사랑하는 동역자 여러분! 추석 한가위 잘 보내셨는지요? 저희는 한국에서 온 정탐 팀과 오랜만에 윷놀이하며 즐거운 추석을 보냈습니다. 지난 석 달은 한국에서 온 단기 팀을 받는데 시간을 많이 보낸 것 같습니다. 이번 여름에 네 팀이 다녀갔습니다. 두 명의 팀원들의 교체가 있었고요, 수빈이가 기숙사에 들어가면서 아내가 사역에 시간을 더 낼 수 있게 되었습니다. 6월

아이들 학교에서

말 포항시 방문 일정도 감사하고 의미 있는 시간이었습니다. 이제 후반기

사역을 준비하며 잠시 정리의 시간을 가지려고 합니다. 앞으로의 사역 가운데도 주님의 도우심이 함께 하시길 기도해 주세요.

2. 사역 보고

1) 솔라포 대표단 포항시 방문(6월 23일~6월 29일)

도시 변혁과 솔라포 성시화를 꿈꾸며 6명의 솔라포 대표단을 구성하여 포항시를 방문했습니다. 대표단은 솔라포 시장 '아리프', 의회당 리더 '마헤쉬', 시 의원 '아토올레', 부행정관 '아닐', 의사 '수렌드라', 전도사 '아브람'으로 구성되었고 저와 요한이가 동참했습니다. 일정은 포스텍, 선린병원, 선린대학, 6·25행사 참석, 포항시청, 포스코 방문으로 진행되었는데 사랑의교회 선교부의 헌신적인 지원과 포항시 성시화 운동본부 임원들의 전폭적인 도움으로 은혜롭고 성공적인 일정을 마쳤습니다.

두 도시 간의 협력에 대한 많은 공감대가 형성되었는데 실제적인 열매를 맺기 위해서는 단계적인 노력과 시간이 필요한 것 같습니다. 주로 솔라포시가 도움을 받아야 하는 처지에 있는 터라 도시 간의 협력은 솔라포시가 어떤 유익을 줄 수 있는가 답변을 해야 하는 숙제가 생겼습니다.

포항시청 앞, 두 시장님 면담, 설린 병원, 포항시청 좌담회,
6.25행사 제막식, 선린 대학, 포항제철(POSCO) 역사관

우선 솔라포 기독교 지도자(목사, 공무원, 교수, 의사, 예술인)들의 모임을 구성하여 솔라포시를 위한 기도를 시작하는 것입니다. 둘째는, 솔라포시 공무원들을 '새마을 운동 연수원'에 보내어 정신 개몽을 하는 것입니다. 셋째는 솔라포시의 우수한 학생들을 선발하여 선린대학에 위탁교육 한 후에 인도 오리샤 포스코에 인력제공을 하는 것입니다. 넷째는 솔라포 출신 동력부 장관 '수실꾸말 신데'의 이름으로 포항시장을 솔라포에 초청하여 구체적인 협력을 모색하는 것입니다. 다섯째는 솔라포 특산물 섬유제품(수건, 침대보 등)을 한국에 수출하여 솔라포 경제가 활성화되게 만드는 것입니다. 이런 계획들이 단계적으로 발전될 수 있도록 기도 부탁드립니다.

솔라포 대표단 화이팅!

황무지에서 자라난 나무

사랑의교회 단기팀 솔라포 Good Shepherd School 공연,
잣나무교회 예배 후, 드난 아드냐 school 전도,
담장 벽화, 솔라포 시청 방문

대표단은 6월 27일 주일 사랑의교회 예배에 참석했습니다. 모슬렘, 힌두, 불교도들이 대표단에 포함되어 있었지만, 거부감 없이 예배에 참석하여 말씀을 듣는 기회가 있었습니다. 서울 시내 관광과 간단한 쇼핑을 마치고 대표단은 29일 귀국했습니다.

2) 단기 선교팀 방문(사랑의교회 청년부, 사직동교회 청년부)

7월 23일부터 30일까지 사랑의교회 청년부 단기 팀이 솔라포를 다녀갔습니다. 주일예배 공연, 올리브교회 담장 벽화, 마을 도로공사, 학교 공연 및 클라스 사역, 솔라포 시청방문, 초청의 밤 공연 등으로 진행된 일정을 헌신적으로 잘 감당하고 큰 은혜를 끼쳤습니다.

이번에 인솔을 맡은 조성주 목사님은 일본 선교사 자녀 출신으로 영어를 유창히 구사해 주일 설교에 큰 은혜를 끼쳤습니다. Good Shepherd School(오·엠) 공연에서는 전교생을 대상으로 복음을 전할 기회를 가졌고, 드냔 아드냔 School은 힌두 학교였지만 클래스(사진, 태권도, 미술, 놀이, 마사지)를 배정받지 못한 두 학급에 복음을 전해도 좋다는 교장 선생님의 특별 허락을 받고 복음을 전하는 보너스도 얻게 되었습니다. 시청방문은 열렬한 환영을 받았고 막 한국을 다녀오신 시장님의 식사 초대와 두 시 의원의 푸짐한 선물도 제공되었습니다. 도로공사는 나중에 우기 통행에(올해는 특히 비가 많이 옴) 큰 도움을 주었습니다. 수고에 감사드립니다.

황무지에서 자라난 나무

사직동교회 단기팀 난두르바드 마을 공연,
목회자 팀과 협력조인식, 난두르바드 교역자 일동,
마을 소녀들, 진지 빠라 교회 예배 후

8월 13일부터 19일까지는 사직동교회 청년부 단기 팀이 푸네와 난두르바드 지역을 다녀갔습니다. 파송교회에서 오랜만에 방문을 해줘서 무척 기뻤습니다.

푸네 연합예배 공연, 난두르바드 지역 4개 교회 공연을 은혜롭게 잘 마쳤는데, 특히 1,500Km 이상의 긴 버스 여행과 열악한 숙소를 마다치 않고 즐겁고 씩씩하게 사역해 주어서 감사했습니다.

특히 난두르바드 22명의 사역자가 힘든 환경에서 분투하고 있는 것을 늘 안타까워하며 기도하고 있었는데(사역자들이 사례비가 부족해 사역에 전념하지 못함), 이번 방문을 통해 사직동교회 청년부가 이 지역을 품고 이곳 사역자들을 물질적으로도 돕기로 해주어서 참으로 기뻤습니다. 이번 단기 팀을 계기로 난두르바드 사역자들은 복음전파에 더욱 힘쓸 수 있게 된 것입니다. 기도를 응답하신 주님께 감사와 영광을 돌립니다.

3) 선교 정탐 팀 방문(강남 동산교회)

지난 8월 23일부터 28일까지 강남 동산교회 의료팀이 인도 정탐 여행을 다녀갔습니다. 안식년 겸 정탐 차원에서 진행된 방문이었는데 푸네와 아우랑가바드 지역을 탐방하며 기도하는 시간을 가졌습니다. 이번 정탐팀은 고형진 담임 목사님을 포함한 24명이 참여했는데, 푸네 '환영의 밤'에서는 준비해온 '마라티 축복송'을 불러서 큰 박수를 받았습니다.

황무지에서 자라난 나무

강남동산교회 단기팀 환영의 밤 1, 2,
엘로라 석굴, 교회부지방문

푸른목장교회 부지를 방문하여 건축을 위한 중보기도도 해 주셨습니다. 강남 동산교회는 솔라포 대표단 8명이 한국을 방문했을 때 3일 동안 서울 시내에서 묵으며 여행할 수 있도록 숙식과 차량을 제공해 준 교회입니다. 이번 계기를 통해 우리 KMCPT 팀과 강남 동산교회 간의 좋은 동역의 역사가 일어나길 기대합니다.

하사랑교회 입양 서약서 사인 후, 입양식 후 성도들과 함께,
환영의 춤과 꽃가루, 뭄바이 타지마할 호텔 앞에서

황무지에서 자라난 나무

4) 비드 하사랑교회 입양식(9월 23일)

지난 9월 23일 김포 하사랑교회 대표단(담임목사 반성광, 재정 장로 허창) 14명이 인도 비드(Beed)를 방문하여 비드 교회를 입양하고 돌아갔습니다. 김포 하사랑교회는 지난 2년간 김 선교사를 개인적으로 후원하고 있었는데, 이번에 KMCPT와 구체적인 동역을 하기로 하고 비드에 있는 막내 교회를 입양한 것입니다. 입양을 통해서 김포 하사랑교회는 향후 5년간 정기적인 기도와 후원을 하게 되며 교회 건축까지 후원하게 됩니다. 대표단은 솔라포를 방문해 올리브교회와 잣나무교회도 탐방했습니다. 버스로 1,500킬로 이상을 이동하며 여행을 했지만, 고신대 신경규 교수님의 재미있는 선교학 강의를 들으며 시간 가는 줄 몰랐습니다. 앞으로 비드 교회는 입양한 교회 이름을 따서 '비드 하사랑교회'로 불리게 되며 김포 하사랑교회와 긴밀한 동역을 통해 더 힘 있게 성장해 나갈 것입니다.

3. 가족 소식 및 앞으로 일정

1) 수빈 기숙사 입소

수빈이는 지난 8월 1일 오빠가 다니는 우드스톡 학교 기숙사에 입소하여 9학년 첫 학기를 시작했습니다. 가끔 걸려오는 전화 목소리는 명랑하고 들뜬 목소리입니다. 감사한 것은 룸메이트들이 모두 크리스천이라 방 분위기가 아주 영적이라고 합니다. 숙제와 프로젝트가 많아 조금 힘들기는 하지만 매우 만족하고 있습니다. 요한이와 함께 있게 되어 서로가 많이 의지가 되는 듯해서 좋은 것 같습니다. 수빈이의 적응과 아이들의 건강과 지혜를 위하여 기도해 주세요.

2) 새 팀원 입국

사역 임기를 마친 박은혜 자매와 강정은 자매가 8월에 귀국했고 9월 16일 두 명의 싱글 팀원(공기홍, 오혜림)이 입국을 했습니다. 지금 팀 적응과 언어 훈련 중인데 기도를 부탁드립니다.

황무지에서 자라난 나무

강정은, 박은혜   오혜림, 공기홍

3) 앞으로 일정

저는 10월 1~26일까지 안식월로 데라둔에 머물면서 소논문 작성에 집중하게 됩니다. 힌두스탄 교회 역사를 정리하며 KMCPT 교회들의 방향성을 점검하려고 합니다.

a) 11월 1일: 실라 목사 안수식

b) 11월 2~5일: 전인도 선교사 모임

c) 11월 9~11일: KMCPT 청소년 수련회(솔라포)

d) 12월 초–전도 캠페인(솔라포)

e) 12월 중순–말: 성탄 행사 준비 및 발표회

f) 12월 25일: 성탄 예배 및 세례식

g) 12월 31일 송구영신 예배.

마라티 종족이
주님을 찬양할 때까지

1. 안녕하세요!

'할렐루야 여호와께 감사하라 그는 선하시며 그 인자하심이 영원함이 로다.'(시 106:1)

지난 석 달은 감사가 넘치는 시간이었습니다. 2005년부터 시작한 풀러 신학교 목회 선교학 박사 과정(D. Min in Global Ministries)을 6년 만에 마무리하고 지난 6월 11일 박사 학위를 수여 받았습니다. 선교학을 공부하면서 이곳 KMCPT 사역의 방향을 바로 잡고 팀 정책을 과감하게 전환할 수 있었던 것은 큰 축복이었습니다. 졸업 만찬회에서 교수님들과 학우들 앞에서 KMCPT 교회가 풀러 공부를 통해 어떤 축복을 받았는지를 나누는 시간이 있었습니다. 선교학 이론이 인도라는 선교현장에서 실제로 열매 맺은 이야기를 들으면서 격려를 받았습니다. 이제는 졸업논문에서 정리한 10가지 사역 방향을 가지고 마라티 복음화를 위하여 더욱 증진하려고 합니다.

여름 단기 팀이 이곳을 방문해 모두 건강하게 좋은 사역을 마치고 돌아갔습니다. 오랫동안 기도해 오던 푸른목장교회 예배당 건축이 시작되었습니

다. 생명수교회 지붕 수리와 진광 아카데미 3층에 방 두 개가 완공되었습니다. 이 모든 것이 하나님의 은혜요 감사할 따름입니다. 주님을 찬양합니다!

2. 사역 보고

1) 사랑 청년부 단기 팀 사역(7월 15일~22일)

이번 사랑의교회 청년부 여름 팀은 김지희 전도사님의 인솔과 박영숙 팀장의 지도로 8명의 소수 정예 부대가 마하라슈트라를 방문했다. 이전에 시도해 보지 않은 비드와 오스마나바드 공연도 일정에 포함되었다. 다섯 개 도시에서 7개의 KMCPT 교회를 대상으로 사역하는 방대한 사역 일정이었다. 1,500킬로미터 이상의 거리를 불편한 차량으로 이동하며 공연과 인형극 그리고 심방으로 각 교회를 섬겼다. 비드 옥상에서의 공연과 오스마나바드 가정 교회에서의 공동체 훈련은 잊을 수 없는 시간들이었다. 홈스테이와 심방을 통해 이곳 성도들을 깊이 이해하는 시간도 있었다. 오스마나바드 집회 후 합심 기도를 통해 귀신이 떠나가고 병자가 치유되는 역사를

사랑의교회 단기팀 백향목 교사들, 푸른목장 예배,
비드 인형극, 오스마나바드 성도들,
시청방문, 엘로라, 오스마나바드 공연

황무지에서 자라난 나무

체험하면서 성령님이 우리 가까이 계심을 확인할 수 있었다. 모든 힘든 일정을 건강하게 감당할 수 있었던 것과 우기 가운데서 비의 방해 없이 모든 사역을 잘 감당할 수 있었던 것은 전적인 하나님의 은혜였다.

수고한 8명의 팀원과 이 사역을 위해 중보해 주신 여러분에게 감사드린다.

2) 성일교회 단기 팀(8월 9일~15일)

두 분의 장로님과 박종국 집사님이 단장으로 구성된 10명의 청년팀(성일

올리브 공연, 복음드라마, 오스마나바드 주일학교,
시청방문, 율동 하는 팀원

교회)이 처음으로 인도를 방문했다. 시작은 매우 험난하였으나 나중은 기쁨이 넘쳤다. 출국하는 날 태풍으로 10시간을 공항에서 가슴 졸이다가 겨우 비행기를 타게 된 일, 항공 일정이 바뀌면서 첫날 밤을 벵갈로 공항에서 꼬박 센 일, 뭄바이 공항에 도착했을 때 설상가상으로 한 자매가 여권을 분실한 일, 푸네로 들어오는 고속도로에서 폭동(경찰이 발포해서 4명이 사망하고 20여 명이 중상을 입는 큰 사건)이 일어나서 몇 시간을 돌고 돌아 도착한 일… 이 모든 일련의 사건들이 10년에 한 번 있을까 말까 하는 대형 사건들이었다. 이런 분위기를 반전시킨 건 한 장로님의 기도였다.

"인도네시아에 무사히 도착하게 됨을 감사드립니다!"

여기서부터 반전은 시작되었다. 어려운 사건들은 우리를 더욱 기도하게 했고, 시간이 갈수록 문제들이 하나하나 해결되고 감사의 제목들이 늘어나기 시작했다. 공연도 탄력을 얻어 영어 드라마와 로프를 통한 복음 제시가 살아나기 시작했고, 풍선 아트와 페이스 페인팅이 아이들의 얼굴에 웃음을 피워주기 시작했다. 세 도시에서의 공연 사역과 솔라포 시청방문, 푸른목장 홈스테이, 올리브 심방 사역은 은혜를 더욱 고조시켰다. 결국, 모든 사역은 감사로 승화되었다.

가난 중에서도 웃음을 잃지 않고 자신들을 섬겼던 인도 성도들에게서 행복을 보았다는 한 자매의 고백을 들으면서 행복이란 환경이 아니라 태도임을 배우게 된다. 이 팀은 폭풍 같은 바다를 출항해 잔잔한 항구에 도착한 역전의 팀이었다. 모든 장애물을 극복하고 계획한 모든 일정을 잘 감당케 하신 주님을 찬양합니다! "주께 감사하세 그는 선하시며 그 인자하심이 영원함이로다!"

3) 사랑의교회 의료팀 사역(8월 20일~27일)

박남규 목사님의 지도와 한태희 집사님의 인솔로 도착하게 된 27명의 의료팀이 2년 만에 마하라슈트라에 들어왔다. 방문한 새벽부터 푸른목장교회 공사현장을 방문하여

건축헌금을 하셨는데, 우리가 기도해 온 액수에 해당되는 금액이었다. 정확히 채우시는 주님의 은혜를 맛보면서 기분 좋은 출발을 하였다. 주일 예배를 마치기 무섭게 사따라 루니 지역으로 이동하여 미니 의료 캠프를 진행하고 곧바로 솔라포로 향해 자정이 되어서야 숙소에 도착할 수 있었

사랑의교회 의료팀 사역 현장

다. 이번에는 6명의 의사(내과, 외과, 통증, 산부인과)와 간호사, 약사, 행정으로 구성된 팀이었다. 솔라포 조빠르 빠띠 슬럼가와 솔라포 시장님 마을, 올리브교회 그리고 오스마나바드 인드라 나가 슬럼지역과 비드 교회에서 의료 캠프를 열어 1,963명을 공식적으로 진료하고 지시한 약을 처방하였다. 이번 캠프에서는 SWAM의 곽명옥 선교사님이 환자들 대부분에게 약을 받기 전에 복음을 전하여 영혼의 약도 함께 나누는 복된 시간이었다.

여행 중 선교 퀴즈와 특강 시간도 있었는데 인도에 대한 선교 상식과 KMCPT 교회를 건강하게 세워가는 방법을 함께 나누는 의미 있는 시간이었다. 사실 KMCPT 교회는 지난 7년간 동안 사랑의교회 의료팀과 그 역사를 함께 해왔다. 2004년 올리브교회 설립, 2007년 잣나무교회 설립, 2008년 좋은나무교회, 2009년 하사랑교회 설립에 앞서서 사랑의교회 의료팀은 영적 땅 고르기 사전 작업을 해준 것이다. 그러므로 이 팀은 KMCPT의 동역팀이라고 해도 과언이 아니다. 선교지에서 친구와 같고 동역자와도 같은 이들이 대거 들어와 큰 힘을 실어 주고 간 느낌이어서 한동안 마음이 훈훈했다.

4) 푸른목장교회 건축 현장

오랫동안 기도해 오던 푸른목장교회 예배당 건축이 시작되어 성도들이 감사한 마음으로 들떠있다. 원래 설계도대로 3층 건물을 짓는 것은 포기하고 단층 임시건물식 예배당을 짓기로 하고 실행에 옮긴 것이다. 공사가 시작되면서 도움의 손길이 넘쳐 담장 공사비, 의자, 에어컨 등의 헌금이 들어왔다. 신기한 것은 공사가 시작되기 몇 달 전에 이 거리의 이름을 '선한 목자의 길(Good Shepherd Road)'로 명명했다는 사실이다. 200미터 정도 안쪽에 큰 성당 건물이 들어서면서 푸네시가 거리 이름을 지정한 것이다. 선한 목자의 길에 '푸른목장교회'라는 이름이 어울리지 않는가? 우리의 입당을 환영이나 하는듯한 신기한 섭리이다. 더 감사한 것은 성도들이 건축에 적극적으로 동참한다는 것이다.

푸른목장교회 공사현장 및 주변 건물들

세 명의 청년들이 자신들의 월급을 털어서 세례 탱크를 만들기로 한 것을 비롯하여 강대상과 커튼 등의 헌금을 앞다투어 하고 있다. 예배당이 지어지면 새벽기도와 성경공부 등 주중 사역을 어떻게 할까 실라 목사는 들떠 있다. 우기로 공사가 지연되고 있지만 9월 중으로 완공하여 입당할 예정이다. 전기와 수도가 곧 연결될 수 있도록 기도해 주시고, 주변 이웃들이 우리 교회로 인해 기뻐하며 환영할 수 있도록 기도해 주세요.

3. 팀(가족) 소식 및 앞으로 일정

1) 팀 멤버 소식

공기홍 목사는 9월 8일 한국으로 귀국했고, 정광명 목사 가족과 전경진 자매가 9월 중에 입국하게 된다. 유은실 선교사는 솔라포에서 사역을 펼치게 되고, 오혜림 자매는 9월 15일부터 머수리에서 한 달간 힌디어 공부를 하게 된다.

요한, 수빈이와(2011. 8.)

2) 아이들 방학

요한이는 한국에서 한 달간 입시 준비(SAT학원)를 하면서 좋은 시간을 보내고 돌아왔다. 수빈이는 방학 동안 사랑의교회 청년 팀과 일정을 같이 하며 심방과 특송 순서로 사역을 도왔다. 우리 부부도 단기 팀에 수빈이가 있어 더 행복하고 즐거운 시간이었다. 둘은 8월 1일 머수리로 가서 새로운 학년의 학업을 시작했다. 요한이는 고 3으로 대학 입학을 준비하게 된다. 수빈이는 방학 기간에 복통이 자주 일어나 고통을 호소했는데 학교에 가서는 괜찮은 것 같다. 이들이 건강하게 남은 학년을 잘 마무리할 수 있도록 기도해 주세요. 단12:3절의 말씀처럼 많은 사람들을 의로운 대로 인도하는 아이들이 되도록 기도해 주세요.

KMCPT 마라티 사역자 모임(9. 13.)

3) 앞으로 일정

a) 9월 15~17일 IMA National Leaders Meeting 참석(하이드라바드)

b) 10월 초 아이들 학교 방문(가을 방학)

c) 10월 중 교회 개척자 훈련 시작

d) 10월 26~28일 KMCPT 청소년 수련회(솔라포 진광 아카데미)

e) 11월 2~3일 전인도 신임선교사 대회(하이드라바드)

f) 좋은나무교회 부흥 사경회(11월 중).

감사를 드리며…

김세진, 박원선, 요한, 수빈

KMCPT 사역자 일동

황무지에서 자라난 나무

마라티 종족이
주님을 찬양할 때까지

1. 안녕하세요!

'사람이 마음으로 자기의 길을 계획할지라도 그의 걸음을 인도하시는 이는 여호와시니라'(잠 16:9)

다섯 살에 아빠를 따라 인도에 들어온 아들 요한이가 고등학교를 졸업하고 대학에 입학하게 되었습니다. 지난 6월 2일 우드스톡(Woodstock) 고등학교를 졸업했고 9월 초부터 캐나다 맥길(Mcgill) 대학에서 생명 의학(Bio-Medical) 공부를 시작합니다. 한국 카이스트나 미국 프린스턴에 합격하면 좋겠다 생각했는데 하나님께서 인도하신 학교는 캐나다의 맥길이었습니다. 맥길(Mcgill University)은 세계대학 순위 18위의 명문대학으로 의학 분야

졸업하는 아들 요한

가 유명한 대학입니다. 무엇보다 요한이가 원했던 대학이고 장학금도 받게
되어 하나님의 인도하심을 확인할 수 있었습니다. 요한이를 지난 12년 동
안 건강하게 공부시켜주시고 대학의 문을 열어 주신 주님을 찬양합니다.

2. 사역 보고

1) 비드 하사랑교회 말씀 사경회(3월 30일~4월 1일)

2009년 5월에 개척하여 현재 평균 66명이 출석하는 비드(Beed) 하사랑
교회에서 말씀 사경회를 가졌다. 나는 창세기 구원역사 시리즈를 6회 설교
하면서 복의 근원으로 세우신 우리의 사명을 강조했다. 주변 지역에 좋은
소문을 내면서 차근히 성장을 하는 하사랑교회는 나게쉬(Nagesh) 총각
전도사가 담임을 맡고
있다. 5월에는 여름성
경학교와 전도 캠페인
으로 분주한 시간을 보
냈다. 2010년 8월 김포
하사랑교회가 입양하여
기도와 물질로 후원하
고 있는 교회이다. 김포
하사랑교회는 올 초에

사경회 모습 / 나게쉬 전도사 가족

황무지에서 자라난 나무

나게쉬 전도사님의 오토바이를 후원했고 후반기에는 창립 5주년 기념으로 '비드 하사랑교회 예배당부지'를 구입할 예정이다. 하사랑교회가 비드에서 든든히 뿌리 내릴 수 있도록 기도해 주세요.

2) 여름성경학교(4월 19일~5월 23일)

'자기 백성을 향한 하나님의 구원'이라는 주제를 가지고 4월 19일부터 KMCPT 일곱 교회에서 여름성경학교를 실시했다. 푸네에서 시작하여 솔라포를 거쳐 오스마나바드와 비드에 이르는 순서로 각 3일간 진행되었다. 에스더 본문으로 세 편의 이야기 설교와 공과 공부, 특별 활동 순으로 진행되었는데, 포로 신분의 에스더가 왕후가 되어 민족을 구원한 것처럼 우리 어린이들도 하나님을 사랑하고 민족을 사랑하는 아이들

백향목, 푸른목장(위) / 생명수, 잣나무(중간)
좋은나무, 하사랑(아래) / 올리브교회(맨아래)

이 되도록 설교했다. 특별 활동은 주제 찬양배우기, 에스더 왕후 선발대회, 부림 게임, 역할극 경연 등으로 즐거운 시간을 보냈다. 올해 여름성경학교

전체 참석자 수는 2,720명(3일 통계)이고, 백향목교회(647명)와 올리브교회(642명)에서 가장 높은 출석률을 보였다. 오스마나바드 좋은나무(Good Tree)교회와 비드 하사랑교회는 여름 전도 캠페인 중에 성경학교를 실시하여 전도 팀들의 도움을 받으면 성경학교를 진행할 수 있었다. 40도를 넘나드는 인도의 더위도 우리 성경학교의 열기를 꺾을 수 없었다. 900명의 우리 교회 주일 학생들이 하나님을 사랑하고 인도와 세계를 위해 쓰임 받는 아이들이 되도록 기도 부탁드린다.

성경 이야기, 왕관을 쓴 아이들, 찬양배우기,
간식, 에스더 선발대회, 부림 게임

3) 미조람 장로교 총회 방문(4월 26일~30일)

전인도 선교사회 회장단과 임원들이 미조람 장로교 총회를 방문하여 인도 복음화를 위한 협력을 모색했다. 2년 전 기본적인 합의가 있었고 이번에는 구체적인 협력을 의논하기 위함이다. 이번 만남을 통해 1) 사역자 교환 2) 미조람 청년수련회 강사 지원 3) 의료, 방송, 음악, 농업, 교육 사업 협력 4) 전인도

황무지에서 자라난 나무

선교사 대회에 총회 임원 초청 등의 건을 합의하였다. 미조람은 동북 인도에 있는 인도의 한 주로서, 100여 년 전에 웨일즈 장로교 선교사들이 산속에 들어와 복음을 전하여 미조 전체 종족을 하나님께 인도한 놀라운 선교의 역사현장이다. 인구 100만 중에서 99%가 예수를 믿으며 주일 아침 10시면 전 교인이 교회로 나와 성경공부를 하는 '주일학교' 전통이 아직도 유지되고 있는곳이다. 부흥을 경험한 미조교회와 한국 선교사들이 머리를 맞대고 인도 복음화를 위하여 협력한다면 주님께서 큰일을 이루실 것을 믿어 의심치 않는다.

회담자 일동, 회담 모습, 미조람 경치,
한 교회 예배 모습, 청년부 예배

4) 여름 전도 캠페인(5월 7일~26일)

이번 여름에는 KMCPT 교회 청년들을 모집해 네 도시에 팀을 보내어 전도하며 교회를 돕도록 하는 '여름 전도 캠페인'을 실시했다. 방학동안 세 주를 헌신하여 전도 캠페인에 참여한 청년들은 15명이었다. 형

전도 캠페인 참가자 일동

제 팀 두 팀을 구성해 KMCPT 새로운 교회 개척지, 칼람브(Kallamb)와 아갈콧(Akalkot)에 보냈고, 자매 팀 한 팀은 오스마나바드(좋은나무)와 비드(하사랑) 교회를 순회하며 두 교회를 섬겼다. 팀원들은 스스로 식사준비를 하면서 큐티 1시간, 중보기도 1시간, 성경공부 2시간(주 2회) 그리고 전도 3시간의 일정을 잘 감당했다.

참가자 중에 고등학생들도 몇 명 있었는데 처음으로 집을 떠나와 팀

황무지에서 자라난 나무

축호전도, 칼람브 팀, 아갈콧 팀, 식사시간,
아갈콧 전도집회

생활과 전도를 하면서 새로운 차원의 신앙적 성숙을 경험했다. 이번 전도 캠페인을 통해 새로운 교회 개척지, 칼람브와 아갈콧에서 많은 전도 대상을 만나게 되었고 적지 않은 개종자들도 얻을 수 있었다. 좋은나무교회와 하사랑교회도 팀을 통해 제법 많은 전도 열매를 얻었다. 올해의 사역 중에 하나님이 가장 기뻐하시는 사역이라는 생각이 들었고, 개척교회와 청년들이 동시적으로 성장하는 윈윈(Win-Win) 프로그램이다. 앞으로 매년 여름 전도 캠페인을 발전시키려고 생각하고 있다.

푸네 한인교회 단기팀 여름성경학교 참관,
페인트 작업, 유적지 방문,
식수대 설치, 완성된 식수대

5) 푸네 한인교회 단기 선교팀(5월 10일~12일)

인도 푸네 한인교회(담임: 이병성 목사) 청, 장년 14명이 솔라포에 와서 3
일 동안 봉사하며 선교의 실제적인 경험을 하고 돌아갔다. 오스마나바드(좋
은나무) 교회 여름성경학교에 참석하여 간단한 공연과 정성스러운 선물을
전달했고, 진광 아카데미 2층 방 페인트 공사, 정원에 식수대 설치 등의 봉
사를 했다. 저녁에는 선교 특강을 들으면서 선교의 실제적인 내용을 생각하

는 시간도 있었다. 인도 내에 있는 한인교회가 선교지에 와서 봉사한 것은 이번이 처음이다. 푸네 한인교회는 매년 성탄절 기간에 담요를 KMCPT에 기부해 왔는데, 이번에는 선교팀을 보내 더 긴밀한 협력 사역을 한 것이다. 선교지 내에 있는 한인교회와 선교사가 협력하여 그 지역을 선교하는 것은 매우 효과적이고 전략이다. 푸네 한인교회와 KMCPT가 좋은 동역을 통해 마하라슈트라 선교에 많은 열매를 맺을 수 있도록 기도 부탁드린다.

3. 가족 / 팀원 소식 및 앞으로 일정

1) 가족 소식

아내는 머수리에서 석 달 동안 힌디어 공부를 하면서 기초적인 힌디어를 이해하게 되었다. 요한이는 졸업식을 마치고 친구들과 졸업 여행을 하고 있다. 수빈이는 10학년 기말고사를 준비하고 있고 방학 기간에는 비자 연장과 SAT 공부를 위해 한국을 다녀올 예정이다. 6월 중에 팀 하우스를 이사할 예정이다. 우리 부부는 한국으로 회

요한 졸업식 때 가족사진

사를 옮기는 조카 성율이 집으로 들어가기로 했고, 자매들은 따로 팀 하우스를 얻어 살게 된다. 현재 적당한 집을 찾는 중이다.

2) 팀원 소식

2년 동안 신실하게 사역을 마친 유은실 선교사가 3월 30일 한국으로 귀국했다. 7월 말경에 오·엠 장기선 교사 이경임 자매가 팀에 합류하게 된다. 내년 1월경에 미주 오·엠(OM KAM)에서 변영수, 변경아 실버 선교사 부부가 입국할 예정이다.

3) 앞으로 일정

a) 6월 13~15일: KMCPT 사역자 수련회

b) 6월 중: 팀 하우스 및 사택 이사 및 등록

c) 6월 26~27일: 전사협 어린이 선교포럼(UBS)

d) 6월 30일~7월 27일: 한국 방문, 요한, 수빈 여권 및 비자 갱신, 선교 보고 등(숙소: 소망교회 영빈관, 국내 핸드폰 연락처: 010-4993-0000)

e) 7월 7~14일 사랑의교회 청년부 단기 팀 방문

f) 8월 6~14일 대구 성결교회(이준호) 단기 팀 및 사랑 의료팀 방문

g) 8월 말 요한 캐나다 출국.

감사와 사랑을 드리며…
김세진, 박원선, 요한, 수빈 올림

황무지에서 자라난 나무

〈기도 제목〉

1. 감사 제목

   1) 요한이 우드스톡 고등학교를 졸업하고 캐나다 맥길 대학에 입학하게 된 것 감사합니다.

   2) KMCPT 7 교회에서 여름성경학교가 은혜롭게 마친 것 감사드립니다.

   3) 여름 전도 캠페인을 통해 복음이 전파된 것을 감사드립니다.

   4) 미조람 총회 방문과 푸네 한인교회 단기 팀으로 인해 감사드립니다.

2. 간구 제목

   1) 전도 캠페인 후에 칼람브(Kallamb)와 아갈콧(Agalkot)에서 더 많은 사람이 주께 돌아오게 하소서.

   2) 말씀 사경회가 각 지역에서 지속적으로 진행되게 하소서.

   3) 비드 하사랑교회 예배당부지 구입이 순조롭게 진행되게 하소서.

   4) 미조람 장로교회와 한국 선교사들 간의 좋은 동역이 일어나게 하소서.

   5) 전인도 선교사 대회가 잘 준비되게 하소서. 프로그램, 진행, 여행, 날씨, 강의와 메시지, 재정 등(날짜: 9월 25~28일, 강사: 오정현, 이태웅, 이광길, 김동화, 장소: 트리반드룸, 인원: 350명)

   6) 이경임 선교사의 입국과 변 영수 장로님 부부의 입국 준비를 위하여

   7) 요한이 캐나다 적응과 학업을 잘 감당하도록, 수빈이 기말고사와 SAT 공부를 위하여

   9) 팀 하우스 이전과 한국 여행을 위해. 아이들 비자 갱신, 사역 보고, 좋은 동역자들과의 만남을 위해.

마라티 종족이
주님을 찬양할 때까지

1. 안녕하세요!

'여호와여 주의 장막에 유할 자 누구오며 주의 성산에 거할 자 누구오
니이까? 정직하게 행하며 공의를 일삼으며 그 마음에 진실을 말하며… 그
마음에 서원한 것은 해로울지라도 변치 아니하며…'(시편 15:1-4)

하나님과의 서원을 가진 자 그리고 그 서원을 지키는 자의 은혜를 묵상하
게 됩니다. 주의 장막에 거하며 주님을 섬길 수 있는 특권은 인생이 가진 가
장 큰 축복이라고 생각합니다. 인생의 하프타임을 지나면서 주님과의 약속
을 더욱 소중히 생각하며 충성스러운 종으로 살아가길 다짐해 봅니다. 2년
만에 온 식구가 함께 만나는 기쁨을 짧게나마 누렸습니다. 곧 군대로 대학
으로 떠나게 될 것이지만 함께하는 시간은 소중한 순간임이 분명합니다.

5월 중순 인도 대선 결과는 집권당이던 의회당(Congress Party)이 참
패하고 '나렌드라 모디'가 이끄는 BJP 힌두 정당이 압도적인 승리를 거두
었습니다. 부정부패 척결과 경제 발전이라는 희망적인 변화도 예상되지만,
종교적 분쟁이나 소수 종교 탄압이라는 부정적인 변화도 예고됩니다. 이런

변화는 선교에도 변수를 주기 때문에 이전보다 더 민감하게 대처하며 사역을 해야 합니다. 이렇게 허락하신 분도 하나님이시라면 앞으로 선하게 이끄실 분도 하나님이시라고 믿기 때문에 향후 5년 동안의 인도 선교를 주님 안에서 기대해 봅니다. 함께 주님을 바라보며 기도의 동역을 부탁드립니다.

수빈이 졸업식에서

2. 사역 보고

1) 고난 주간 및 부활절 세례식(4월 18일 솔라포, 4월 20일 푸네)

솔라포 잣나무교회에서 성 금요일 예배를 드리면서 7명의 성도가 세례를 받았습니다. 이 중에 4명은 아칼콧(Akalkot) 개척 교회 성도들이었습니다.

부활절 예배는 푸른목장교회에서 연합으로 드리면서 15명이 세례를 받았고 성찬도 함께 나누었습니다. 세례자 중에는 백향목교회 주일학교를 통해 예수님을 영접하고 지금은 교사로 섬기고 있는 '뿌리앙카' 자매가 포함되어 있었습니다. 그녀는 지금 회계학 석사 과정을 공부하고 있는데 장차 순일 전도사와 결혼하여 사모가 될 사람입니다. 15년의 세월 속에서 하나님께서 만드신 영적 작품입니다. 교회를 통해서 잔잔히 일하시는 주님을 찬양합니다.

솔라포 세례식(위), 푸네 부활절 예배(가운데),
세례자 사진(아래 왼쪽-솔라포, 아래 오른쪽-푸네)

2) 2014년 여름성경학교(4월 21월~5월 7일)

'Life of Jesus(예수님의 생애)'를 제목으로 사흘 동안 진행되는 여름성경학교가 KMCPT 9개 교회에서 순차적으로 진행되었습니다. 예수님의 탄생과 죽으심, 부활과 승천 그리고 지상명령이 사흘 간의 주요 메시

황무지에서 자라난 나무

지었습니다. 이번 성경학교는 현지인 사역자들이 메시지와 찬양, 율동 그리고 활동과 게임까지 100% 스스로 준비한 잔치였습니다. 아내의 수술로 인해 제가 준비할 메시지까지도 실라 목사가 준비하면서 완전한 자치(自治)를 연습하는 시간이었습니다. 전체 출석수는 사흘 동안 2,631명으로 하루 평균 877명이 참석한 꼴입니다. 예년에 비해 조금 떨어진 숫자이긴 하지만 아직도 여름성경학교의 참여율이 높은 것은 감사할 일입니다. 인도 아이들도 컴퓨터와 게임기 등에 서서히 관심을 빼앗기고 있는데 아직 추수할 기회가 있을 때 마음껏 복음을 전해야겠습니다.

푸른목장교회 고원다 스네하 결혼 축하 외식

3) 사진으로 보는 이모저모

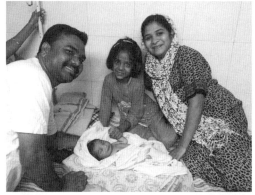

잣나무교회 아브람 목사 득남
(5월 2일)

KMCPT 사역자들과의
첫 쇼핑

쇼핑한 옷을 입고 파이팅!

황무지에서 자라난 나무

3. 가족 소식

1) 요한이가 2학년 공부를 마치고 수빈이 졸업식에 참석하기 위하여 잠시 인도에 들어왔습니다. 행복한 시간은 화살처럼 지나가고 입대를 위한 신체검사를 위해 6월 17일 한국으로 들어갔습니다. 함께한 시간이 너무 짧아 허전한 마음이 컸지만, 더 중요한 임무를 위하여 웃으면서 떠나보내야 했습니다. 육군 약제병과 해병대 중 허입되는 곳에 8월에 입대하게 됩니다.

두 남매의 만남

2) 수빈이는 졸업하면서 합창과 미술 영역에 우수상을 받았습니다. 미술 영역은 우드스톡에 와서 발견된 재능인데 앞으로 건축학을 공부하는 데 유익한 은사로 보입니다. 7월 초 한국 두 대학에 수시 지원을 하게 됩니다. 한국 대학 합격 여부에 따라서 최종 진로를 결정할

예정입니다.

수빈이 작품 앞에서

3) 저와 아내는 학생 비자를 받고 들어 온 음악학원이 문교부 인가를 기다리고 있어서 아직 경찰 거주 등록이 지연되고 있습니다. 학원의 정부 등록이 순조롭게 되어 거주 등록을 할 수 있도록 기도 부탁드립니다.

황무지에서 자라난 나무

4. 앞으로 사역 및 일정 소개

1) 구원역사시리즈 성경공부 교재 1권 출판 예정(7월 중)
2) 여름 단기 팀 입국예정: 7월 14일~20일 사랑의교회 대학부 팀, 8월 9일~16일 사랑의교회 의료팀
3) KMCPT 사역자 모임: 7월 1~3일, 8월 4~6일

감사와 사랑을 드리며…
김세진, 박원선, 요한, 수빈

기도편지 2017-4호 (2017년 12월 14일)

세상 모든 민족이
주님을 찬양할 때까지

1. 안녕하세요!

'그리스도의 사랑을 알고 그 너비와 길이와 높이와 깊이가 어떠함을 깨
달아 하나님의 모든 충만한 것으로 너희에게 충만하게 하시길 구하노
라.'(엡3:18-19)

시드니 단기 팀

황무지에서 자라난 나무

러브 하노이 페스티벌에 몰려온 사람들

　2017년은 그리스도의 사랑을 인도 국경을 넘어 베트남까지 전하는 소위 사랑의 폭이 넓어진 한 해였다. 나누면 더 작아지는 것이 세상 경제 원리이지만 하나님의 경제 원리는 나눌수록 더 풍성하다는 것이다. 올 후반기는 주님의 그 풍성한 사랑을 경험하는 시간이었다.

　2017년 4분기 사역에서 기억에 남는 것은 베트남어 공부를 하면서 개인적으로 친분을 맺은 여러 명에게 복음을 전하고 성경을 줄 수 있었던 일이다. 그리고 인도를 방문한 호주 시드니팀과 4년 만에 청소년 수련회를 개최한 것이다. 또한, 사역의 터도 굳어져 가고 있는데, 그중에는 아칼콧 로뎀나무교회 지붕 공사와 오스마나바드 좋은나무교회 부지 구입 그리고 베트남 H도시에 센터 교회를 착공한 일이다.

　그리고 올해의 가장 감동적인 순간은 러브 하노이 페스티벌(빌리 그래함 전도 집회)에 몰려온 수많은 인파가 예수님을 믿겠다고 무대로 몰려가는 모습이었다. 아직 지구촌에 이런 가난한 영혼들이 남아 있다는 것에 큰 격려를 받았고 베트남의 희망찬 미래를 보았다. 이틀간의 집회를 통해 약 5만 명이 참석하여 프랭클린 그래함 목사님의 복음 메시지를 듣고 4,600명이 예수님을 믿고 결신 카드를 작성했다. 그리고 수 만권의 성경과 전도지가 배포되었다. 한국 교회의 80년대 부흥의 열기를 보는 듯했다. 주님은 온 땅 가운데서 일하고 계신다. 할렐루야!

2. 사역 보고

1) 베트남 청소년 장학 사역 (2017년 10월~12월)

하노이에서 언어 훈련을 하는 동안 여러 청년을 만날 수 있었다. 하노이에는 시골에서 올라온 많은 청소년이 있는데 대부분 가난한 농촌 출신으로 하노이에 올라와 공장이나 식당 같은 곳에서 일하며 힘든 도시 생활을 한다. 월급이 적어 생활도 겨우 하므로 대학 공부를 한다는 것은 거의 꿈에 가까운 일이다. 심지어는 도시 생활에 지쳐 쉽게 돈을 벌 수 있는 윤락가로 빠지는 경우도 많다. 가난하고 힘든 상황이기 때문에 출세에 대한 열망도 크고 대학 진학에 대한 꿈도 강한 편이다. 지난 몇 달 동안 하나님께서 이런 청년들을 여러 명 만나게 해 주셨다. 그리고 이들 중 한국어를 배워 한국에 가서 일하거나 대학에서 한국어를 전공해서 한국 기업에 취직하고 싶어 하는 네 명의 청년에게 한국어를 공부할 기회를 주었

황무지에서 자라난 나무

다. 근처 기독교인이 운영하는 한국어 학원에서 공부를 시작하였고 첫 학기 24회 수업을 이번 주에 마친다. 이번에 하노이에 온 기회에 2학기 과정도 등록시켜 주었다. 이들을 지난주 러브 하노이 페스티벌에 초청받아 복음을 들었다. 결신 카드는 작성했지만, 아직 큰 변화는 보이지 않고 있다. 오랜 시간을 두고 양육할 아이들이다. 다른 방법으로 개인 전도하는 사람들도 일곱 명 더 있다. 이들이 마음을 열고 주님을 받아들이도록 기도 부탁드린다.

한국어를 배우는 마이, 퉁, 터이

2) 시드니 팀과 청소년 수련회 (11월 27일~29일)

시드니 중앙장로교회 소속 'One Family' 국제 교회 청년 12명이 인도에 들어왔다. 이 팀은 이번이 3년째 연속 방문이다. 올해 이들의 주 사역은 KMCPT 10개 교회에서 선별한 130명의 청년을 위하여 청소년 수련회를 진행하는 사역이었다. 집회 장소는 푸네에서 1시간 반 정도 떨어진 기독교 수련회장이었다. 청년들이 함께 모이니 역시 찬양의 열기도 뜨겁고 교제의 즐거움도 컸다. 인솔자 다니엘 목사님이 준비한 4단계의 제자 훈련 메시지를 듣고 11개 그룹으로 흩어져 그룹 나눔을 가졌다. 게임을 통해 금방 친구가 되었고 두 명씩 짝을 지어 기도하는 시간은 서로를 더 깊이 알아가는 시간이 되었다. 소그룹 모임을 통해 나누는 간증은 호주 팀원들에게도 큰 격려가 되었다. 이 수련회에 참석하기 위하여 회사에서 어떻게 허락을 받았는지부터 시작하여 악귀와 병마로부터 구원을 받은 간증들, 그리고 가정의 큰 아픔과 상처 속에서 신앙을 지키려는 청년들의 믿음을 보면서 호주 팀원들이 큰 도전을 받았다고 했다. 나도 소그룹을 인도하면서 그동안 믿음이 자

KMCPT 2017년 청소년 수련회

황무지에서 자라난 나무

상: 찬양 / 중상: 모임과 기도 / 중하: 그룹모임, 드라마
하: 호주 팀 자매들 / 호주 팀과 인도 유스

라지 않는다고 생각했던 몇몇 청년들의 간증을 들으면서 이들이 어느덧 자라고 있고 그들 마음속에 주님을 사랑하는 마음이 있다는 것을 알고 큰 격려를 받았다. 그리고 이번 호주 팀에는 베트남 형제가 한 명 팀원으로 참석했는데 이 형제가 주일학교 메시지를 전하면서 선한 사마리아 이야기를 했다. 내가 작년 10월 베트남을 다녀와서 푸른 목장 교회에서 전한 말씀이 베트남 사람들은 마치 강도 만나 쓰러져 피 흘리고 있는 사람들과 같다고 메시지를 전한 적이 있는데 이번에 베트남 형제가 호주 한인교회에서 예수를

믿고 우리 교회에 와서 선한 사마리아 메시지를 전한 것이 참으로 놀라운 하나님의 섭리라는 생각을 하게 되었다. 이번 팀원으로 참석한 12명 중에는 선교를 실제로 준비하는 선교 지망생이 3명이나 되었고 그 외에도 선교에 관심 있는 청년들이 여러 명 있었다. 갈수록 선교사들이 줄어드는 시점에 한인 디아스포라 선교 지망생은 한국 교회의 소망이요 기쁨이었다.

3) 터를 견고케 하시는 하나님 (2017년 10월~11월)

아칼콧 로뎀나무교회: 건축의 마무리 공사에 해당하는 지붕 공사가 무사히 잘 마쳐졌다. 이제 창문을 달고 전기를 연결하고 바닥에 타일을 까는 일이 남아 있다. 1월부터 이 건물에서 예배를 드리게 된다. 아칼콧은 유명한 스와미 신을 숭배하는 '힌두 성지 순례'의 도시인데 지난 4년 동안 사랑의교회 의료팀이 지속적으로 이 주민들을 섬겼고 시드니, 소망 단기 팀도 학교 사역을 통해 이 도시를 섬겼다. 이 건축을 위하여 섬겨주신 SWAM 팀에 감사를 드린다. 이 교회는 나게쉬 전도사 가족이 헌금하여 부지를 마련한 교회다.

황무지에서 자라난 나무

오스마나바드 좋은나무교회: 좋은나무교회는 10년 전 개척된 교회다. 지금까지 월세로 임대한 목사님 사택에서 예배를 드렸는데, 이번에 하나님께서 기도의 소원을 응답하셔서 건축의 문을 열었다. 이번 달 교회 부지를 방문하고 가계약을 한 상태다. 현재 변호사를 통해 리서치 페이퍼(법적으로 확실하다는 문서)를 만들고 있다. 문제가 없으면 이곳에 교회를 짓게 된다. 구매 과정에서 성령의 도우심이 있도록 기도 부탁드린다.

상: 부지보러 가는 길 / 고속도로와 연결된 위치
하: 사람들이 서 있는 네 모퉁이 땅 (약90평)

베트남 H 도시 센터 교회: 현재 우리가 돕고 있는 H교회는 북베트남에서 중요한 역할을 하게 될 교회입니다. H도시 뿐 아니라 주변 4개 도시에 교회를 개척하여 정부에 등록한 상태다. 성도 수가 50명 내외이지만 지난 10년 동안 헌금을 모아 부지를 사 두었고 건축비도 어느 정도 모아 둔 상태다. 하나님께서 이들의 기도를 응답하셔서 미국의 한 교회와 KMCPT가

협력해서 이 센터 교회를 건축하기로 결정했다. 건물이 완공되면 예배는 물론이고 교육을 위한 다양한 용도로 사용된다. 건축이 순조롭게 되도록 기도 부탁드린다.

상: 교회 조감도 / 기도하는 지도자들
하: 첫 삽을 뜨는 목사님 / 기초 공사 자재들

3. 가족 소식 및 앞으로 일정

1) 가족 소식

아내는 12월 19일 '한국어 교사 2급' 인턴십 과정을 모두 마친다. 공부가 끝나면 인도 비자를 받아 1월 10일 저와 같이 인도로 들어갈 예정이다.

요한이는 4학년 공부 중인데 맥길 장학금도 받았고 다른 장학금 결과도 기다리고 있는데 그것이 허락되면 4학년 학비는 잘 해결될 것 같다.

수빈이는 3학년 2학기를 마치면 겨울 방학 동안에 서울에 있는 한 건축 회사에서 인턴십을 하게 된다. 첫 사회 경험이라 설렘 반 두려움 반이다. 그리고 1월부터 머물게 될 숙소도 구해야 하는데 주님의 인도하심을 받을 수 있도록 기도부탁 드린다.

2) 주요 사역 일정

가) 12월 18일~1월 10일: 한국 방문 및 비자 신청

나) 1월 12일~13일: 2018년 신년 사역자 모임

다) 2018년 1월 17일~24일: 소망교회 대학부 단기 팀

라) 1월 31일~ 2월 10일: 사랑의교회 대학부 단기 팀

마) 3월 4일~9일: 푸네 어부회 이스라엘 성지 순례

〈기도 제목〉

1. 감사
   1) 시드니팀을 통해 KMCPT 청소년들에게 말씀과 은혜를 주셔서 감사합니다
   2) 러브 하노이 페스티벌을 통해 베트남 교회에 소망을 주셔서 감사드립니다
   3) 교회의 터를 견고케 하시는 주님을 찬양드립니다
   (아칼콧 교회 지붕, 좋은나무교회 부지, H도시 센터 교회 착공)
2. 간구
   1) 한국 방문과 인도 비자를 잘 받을 수 있도록
   2) 오스마나바드 부지 구입이 순조롭게 잘되도록
   3) 푸른 목장 교회에 장기 사역자가 잘 정해지도록 (12월 제직회에서 실라 목사가 다시 돌아오는 것에 거의 만장일치로 결의가 됨)
   4) 베트남 H시 건축이 순조롭게 되도록/ 성경을 받은 친구들이 주님을 만나도록
   5) 가족들의 건강과 요한, 수빈이의 학업을 위하여

감사와 사랑을 드리며

김세진, 박원선, 요한, 수빈 드림

황무지에서 자라난 나무

세상 모든 민족이
주님을 찬양할 때까지

1. 안녕하세요!

'이 성전이 황폐하였거늘 너희가 이때에 판벽한 집에 거주하는 것이 옳
으냐? 그러므로…. 너희는 너희 행위를 살필지니라' (학개 1:4-5)

좋은나무교회가 양철 지붕 밑에서 10년째 예배드리고 있을 때, 주님께
서 의료 팀원 몇 명에게 감동을 주
신 말씀이다. 그 말씀이 불씨가 되어
2년 후 예배당을 건축하고 입당하
는 영광을 함께 누리게 되었다. 주님
은 항상 삶의 우선순위를 바르게 하
라고 도전하시는 것 같다. 그 음성을
듣고 순종하는 자는 하나님의 은혜
와 영광을 누리게 하시는데, 저는 이
번에 또 이런 경험을 하게 되었다.

좋은 나무 교회 헌당식

2019년 3분기는 캐나다(아들 졸업식)에서 돌아와 주로 한국에서 온 단기 팀과 함께 시간을 보냈다. 사랑의교회 대학부가 1월에 이어 7월에도 와 주어서 좋은 사역을 했고, 사랑의교회 의료팀은 15번째 방문하여 의료 사역을 성공적으로 마쳤다. 의료팀과 함께 좋은나무교회 헌당 예배도 드리고 무화과나무교회 기공식도 했다. 기쁨이 넘치는 시간이었다. 그 후에 송도 예수소망교회 김영신 목사님이 오셔서 우리 사역자들과 좋은 말씀의 나눔을 가졌다. 올해부터는 E-Visa로 3개월까지 머물 수 있어서 작년보다 조금 여유 있는 시간을 보내고 있다. 9월 5일 베트남으로 떠나기 전에 필요한 일을 하면서 기도편지를 쓰고 있다. 여러분의 변함없는 기도와 후원에 감사드린다.

2. 사역 보고

1) 사랑의교회 대학부 단기 팀 사역 (7월 8일~17일)

5월 한국 방문 때 계획에 없던 단기 팀이 연결되어 7월에 오게 되었다. 사랑의교회 대학부는 1월에 이미 방문하여 여름 팀은 생각하고 있지 않았다. 그런데 다른 나라를 가기로 해서 모집한 팀이 안전상의 문제로 갈 수 없게 되자 인도를 결정하게 된 것이다. 이 팀은 이 사무엘 전도사님이 인솔한 12명으로 구성된 팀인데 자매들이 다수를 이루고 있었다. 음악, 연극을 전공한 팀원들이 여러 명 있었고 평균 연령대는 20대 초반이었다. 9박 10일 넉넉한 일정이어서 KMCPT 8개 교회를 방문하여 사역할 수 있었고,

황무지에서 자라난 나무

상: 로뎀나무, 올리브 / 하: 로호라, 잣나무

상: 좋은나무 페인트 작업, 미니 타지말 / 하: 푸른목장 청소년 모임

약 1,500킬로를 여행하며 뭄바이-푸네-솔라포-아칼콧-오스마나바드-로호라-비드-아우랑가바드를 방문하였다. 긴 버스 여행에 체력이 떨어져 아픈 지체들도 생겼고 새벽에 응급실에 가서 해열제와 영양제를 맞기도 했다. 가는 날까지 긴장의 끈을 놓지 못했지만, 주님의 도우심으로 모든 일정을 잘 마무리했다. 사역은 주로 교회를 중심으로 공연, 주일예배 설교, 어린이 설교, 청소년 연합모임, 주일학교 클라스 사역, 심방, 페인트 사역이

었고 더불어 아우랑가바드 문화 탐방과 아름다운 석양을 바라보며 즐기는 진광 아카데미 옥상 바베큐가 있었다. 팀원들은 9박 10일의 일정을 통해 인도 땅에 세워지고 있는 하나님의 나라(교회)를 한눈에 보며 선교의 꿈을 마음에 담을 수 있었다고 한다. 수고한 모든 팀원에게 감사를 전한다.

2) 사랑의교회 의료팀 사역 (7월 27일-8월 2일)

2004년부터 지금까지 15회에 걸쳐 인도를 방문한 의료팀은 이제 더이상 손님이 아니라 우리 팀(KMCPT)의 가족과 같았다. 이한길 목사님의 지도와 배준석 팀장님의 인솔로 도착한 40명의 팀원은 6명의 의사 선생님들(내

2019년 의료 캠프 사진

황무지에서 자라난 나무

2019년 의료 캠프 사진

과, 외과, 신경외과, 치과)과 약사, 간호사, 행정 요원으로 구성되어 있었다.

푸른목장교회 주일예배를 시작으로 푸네 망가르와디(백향목 주일학교 사역지) 오후 진료, 솔라포 올리브교회 오후 진료, 로호라 마을 진료(좋은 나무교회 개척지), 깔람브 도시 진료(무화과나무교회 도시)로 이어졌다. 4일간의 진료를 통해서 총 1,519건의 진료(외과 377명, 내과+통증 782명, 안경 334명, 치과 26명)를 하고 약을 처방해 주었다. 약을 타기 위해 기다리는 동안 현지 목회자들과 전도팀은 부지런히 복음을 전하고 안수기도를 해 드렸다. 로호라에서는 한두 단체의 항의로 복음을 전할 수 없게 되자 하나님께서 보건교육을 하는 사친 목사에게 지혜를 주셔서 교육하면서 간접적인 복음을 전하게 하셨다.

이번 사역의 절정(Climax)은 좋은나무교회 헌당 예배였다. 마지막 날 모든 팀원이 헌당 예배에 참석하여 감격스러운 예배를 드리고 부채춤과 율동 공연으로 헌당을 축하했다. 그리고 깔람브에서는 진료 전에 교회부지를 방문해 예배당 기공식을 참여하기도 했다. 의료팀에 14번째 참여한 전 팀장 김창욱 선생님은 "해마다 성장하며 지어지는 교회를 바라보면서 사역에 큰 보람을 느낀다"는 소감을 털어놓았다. 이번 팀에는 여섯 가정이 가족으로 참여하였고 연령층도 9살에서 74세까지 삼 세대에 걸친 멤버들이라 사역을 통한 믿음의 세대 계승이 일어나는 유익도 있었다. 지난 15년간 의료팀을 보내주신 주님께 감사드린다.

3) 좋은 나무 교회 헌당 예배 (8월 1일)

좋은나무교회에 대한 꿈은 12년 전 2007년에 시작되었다. 2007년 7월 14일 개척을 위한 정탐 여행이 있었다. 그때 오엠 단기 선교사들과 벤 안에서 기도할 때 주님은 이 도시를 향한 긍휼의 마음을 주셨다. 그리고 2007년 9월 28일 첫 번째 의료 사역이 있었다. 나의 큐티 노트에는 이렇게 기록되어 있었다. '폭우가 오고 도착이 늦었지만, 식사 시간을 줄이고 5시까지 진료할 수 있었다. 주님이 사랑하는 오스마나바드에 복음의 문이 활짝 열리는 순간이다.'

좋은나무교회를 세우기 위해 12년간의 영적 전투가 있었다. 사친과 라주가 최전선에서 치열한 전투를 했다. 마귀의 큰 공격이 있었고 거의 포기해야 할 상황이 두 번이나 있었다. 하지만 주님은 오늘까지 견디게 하셨고 오늘의 영광을 보게 하셨다. 오스마나바드는 11만의 인구(2011년 통계)를 가진 소도시이다. 여러 교단과 단체들이 개척을 시도하였으나 실패하고 돌아간 힘든 도시이다. 현재 이 도시에는 CNI 교회(담임 목사 부재) 하나와 은사 중심의 사역을 하는 가정교회가 하나 있다. 그 외 작은 기도 모임이 있다고 들었는데 제대로 된 건물을 가지고 말씀 중심의 사역을 하는 교회는 좋은나무교회가 유일하다. 이 도시에서 앞으로 할 일 많다. 진정한 복음의 말씀을 선포하여 도시 안에 부흥이 일어날 수 있도록 주님 앞에 간절히 기도드린다. 아멘.

헌당 예배 이모저모

4) 무화과나무교회 기공식 (7월 31일)

상: 부지를 향한 행진, Ground Breaking / 하: 부지를 밟고 찬양과 기도

무화과나무교회는 '깔람브'라는 소도시(21만 인구)에 2010년 개척한 교회이다. 자거넛 목사가 열심히 사역하고 있다. 이 도시에서 무화과나무교회가 세워지기 전에는 깔람브는 한 번도 복음이 전해지지 않은 미전도지역이었다. 그래서인지 복음의 반응은 뜨겁다. 지난 3년 동안 총 50명이 세례를 받았는데(2017년 28명, 2018년 13명, 2019년 9명) 이 숫자는 KMCPT 교회 중에서 가장 많은 세례자 수이다. 그리고 좋은 간증도 있다. 이 도시에는 범죄 조직이 많은데 2년 전 조폭 두목(따티야)이 예수를 믿고 교회를 나오고 있다. 참으로 재미있

기도하는 따티야 부부

는 것은 따타야를 전도한 자매는 무화과나무교회에게 가장 몸집이 작은 '망걸'이었다. 복음이 없던 마을에 교회가 시작되면서 변화가 일어나고 있다. 앞으로 교회가 건축하고 더 부흥한다면 어떤 일이 일어날지 기대가 된다. 함께 지켜봐 주시면서 기도를 부탁드린다.

3. 기타 보고 및 가족 소식

1) 김영신 목사님 방문 (8월 4일-9일)

송도예수소망교회 김영신 목사님이 다녀가셨다. 인천 송도에서 10년 전 교회를 시작하여 지금은 주일학교를 포함하여 1,000명 정도가 출석한다고 한다. 그리고 두 개의 특성화된(외국인 유학생, 소외층 지역) 교회를 더 개척하였다. 요즘 한국에서 개척이 쉽지 않은데 도시의 특성에 잘 맞게 사역을 이끌고 계신다.

이번에 우리 KMCPT 사역자들에게 빌립보 교회 개척에 대한 통

상: KMCPT 사역자들과
중: 세미나 강의
하: 좋은나무 교회, 올리브 교회 방문

찰을 주서서 큰 유익이 되었다. 물론 식탁의 교제도 풍성하여 즐거웠다. 김
목사님은 아들 은환이와 함께 푸네, 솔라포, 오스마나바드 교회들을 돌아
보셨고 마지막 날 뭄바이 투어도 하신 후 출국하셨다. 우리 부부와 여행하
면서 즐거운 대화의 시간도 있었다. 귀한 만남의 교제를 주신 주님께 감사
드린다.

2) 가족 소식

아들 요한이는 졸업 후 GAVI(세계백신면역연합, The Vaccine Alliance)
라는 국제단체에서 인턴십을 하고 있다. 스위스 제네바에 머물며 6개월간
교육을 받고 있는데 생활비도 지급 받는다. 인턴 후 GAVI에서 계속 일할지

GAVI 인턴 김요한

황무지에서 자라난 나무

WHO로 가게 될지 아직 기도 중이다. 요즘 국제단체 정식 직원은 기본이 석사 학위여서 언젠가 석사를 해야 한다. 아들의 삶을 한 걸음 한 걸음 인도하시는 주님께 모든 것을 맡겨 드린다.

수빈이는 휴학 막바지에 서울시에서 공모한 '대학협력 공공미술 프로젝트'에 선발이 되어 열심히 준비하여 지난주 초청 전시회를 열었다. 시내 한 지역의 빈집들을 청소하여 꾸미고 작품들을 예쁘게 전시하여 시민들에게 공개했는데, 목적은 그 지역을 살리고자 하는 데 있다. 지인들이 다녀가며 사진도 보내주었는데 수고한 흔적이 보였다. 이제 긴 방학을 끝내고 복학을 준비하고 있다. 수빈이의 학업을 위해 기도 부탁드린다.

이대 공공미술 프로젝트팀 (김수빈)

3) 앞으로 주요 일정

가) 9월 5~6일: 뭄바이-하노이 여행

나) 9월 20일~10월 31일: 하롱 교회 말씀 사역

다) 11월 1일~30일: 다낭 교회 개척 지원

라) 12월 초: 인도 입국 예정

마) 12월~ 2020년 2월: 성탄 행사 및 소망 청년부 단기 팀 방문

KMCPT 사역자들과 좋은나무교회 헌당식에서

– 인도 주소
Mr. Se-Jin Kim
#2531, Clover Highland, NIBM, Kondhwa, Pune 411048, M.H India
– 이메일 sejinws55@hotmail.com   – 집 번호 001-91-20-4122-7976
– 김 목사 핸드폰(인도 91) 91-98-2262-0527   – 아내 핸드폰 91-80-0778-3578
– 한국 아내 번호 010-4993-0521   – 무선 070-8243-2325

황무지에서 자라난 나무

〈기도 제목〉

1. 감사
   1) 여름 단기 팀(대학부, 의료팀) 사역을 성공적으로 마치게 하심을 감사합니다
   2) 좋은나무교회 건축을 완공하여 헌당할 수 있어서 감사합니다
   3) 무화과나무교회 건축이 시작됨을 감사드립니다
   4) 요한이의 GAVI 인턴십 시작에 감사드립니다
   5) 수빈이 국가 장학금에 감사드립니다 (유형1 수령, 유형2 심의 중)

2. 간구
   1) KMCPT 교회들이 말씀과 성령으로 부흥하며 복음을 전하게 하소서!
   2) 예배당을 완공한 좋은나무교회가 오스마나바드의 많은 영혼을 구원케 하소서!
   3) 건축을 준비 중인 무화과나무교회가 좋은 건축가를 만나게 하소서!
   4) 이미 가정교회가 시작된 뭄바이 위르, 로호라, 나식에 새로운 교회가 세워지게 하소서!
   5) 베트남 후반기 사역이 열매 맺는 사역이 되게 하소서!
   (H시 주변 5교회 말씀 사역, D시 개척 지원)
   6) 가족들의 영,육 간의 강건함을 위하여
   7) 요한이 인턴십 후의 진로를 위하여!
   8) 수빈이 복학과 학업을 위하여!

감사와 사랑을 드리며

김세진, 박원선, 요한, 수빈 드림

KMCPT 한국인 동역자 연도별 현황

1. 이광주 선교사 (2000년 8월-2003년 7월, 3년) 꽃동산 선교회 소속

2. 송호진 형제 (2002년 1월-2003년 12월, 2년) 태권도 4단, 체육선교

3. 김현영, 김신정, 권혜경 (2003년 1월-12월, 1년) 오.엠 준단기 선교사

4. 이미선, 윤수정, 이준호 (2004년 1월-12월, 1년) 오.엠 준단기 선교사

5. 박선희 (2004년 8월-2006년 7월, 2년) 오.엠 단기 선교사

6. 박려진 (2004년 8월-2005년 2월) 오.엠 준단기 선교사

7. 김소용, 김명회, 김현주, 김자현 (2005년 2월-8월, 6개월) 오.엠 준단기 선교사

8. 김진일 (2005년 2월-2006년 1월, 1년) 오.엠 준단기 선교사

9. 전설록, 한상민(2005년 8월-2006년 2월, 6개월) 오.엠 준단기 선교사

10. 오미은, 이주연 (2005년 8월-2007년 7월, 2년) 오.엠 단기 선교사

11. 나정숙 (2005년 8월-2006년 7월, 1년) 오.엠 준단기 선교사

12. 전종선, 황은혜, 황규영 (2006년 1월-2007년 1월, 1년) 오.엠 준단기 선교사 / 황규영 (2008년 9월 - 2010년 8월, 2년)

13. 이정엽 (2006년 1월-7월, 6개월) 오.엠 준단기 선교사

14. 정한주, 김혜현 (2006년 8월-2007년 8월, 1년) 오.엠 준단기 선교사

15. 우성혜 (2007년 1월-2008년 1월, 1년) 오.엠 준단기 선교사

16. 정두용 (2007년 1월-8월, 6개월) 오.엠 준단기 선교사

17. 최선근, 이유경 (2007년 8월-2008년 7월, 1년) 오.엠 준단기 선교사

18. 안주연 (2007년 8월-2008년 2월, 6개월) 오.엠 준단기 선교사

19. 임하나 (2008년 1월-7월, 6개월) 오.엠 준단기 선교사

20. 이호철 (2008년 1월-2009년 1월, 1년) 오.엠 준단기 선교사

21. 김정희 (2008년 1월-2010년 1월, 2년) 오엠 단기 선교사

22. 윤수정 (2008년 1월-2010년 1월, 2년) 오엠 단기 선교사

23. 류철규 목사 가정(정연주 사모, 수하, 지성, 지찬, 수민)

    (2008년 9월-2011년 8월, 3년) 오엠 단기 선교사

24. 김기연, 김성철, 유아영, 안수미 (2008년 9월-2009년 8월, 1년) 오엠 준단기 선교사

25. 박은혜 (2008년 9월-2010년 8월, 2년) 오엠 단기 선교사

26. 임주영 (2009년 8월-2010년 2월, 6개월) 오엠 준단기 선교사

27. 강정은 (2009년 8월-2010년 8월, 1년) 오엠 준단기 선교사

28. 김유경, 구동우 (2010년 1월-12월, 1년) 오엠 준단기 선교사

29. 오혜림 (2010년 9월-2012년 9월, 2년) 오엠 단기 선교사

30. 공기홍 (2010년 9월-2011년 9월, 1년 조기 귀국) 오엠 단기 선교사

31. 유은실 (2010년 6월-2012년 3월, 1년 9개월) 사랑의교회 인턴 선교사

32. 정광명 가족 (2011년 9월-2012년 4월 귀국조치) 오엠 단기선교사

33. 정경진 (2011년 9월-2013년 8월, 2년) 오엠 단기 선교사

34. 이경임 (2012년 7월-2013년 델리로 이동) 오엠 단기 선교사

35. 변영수, 변경애 선교사 (2013년 3월-2015년 3월, 2년) 오엠 미국 단기 선교사

36. 백지원 (2015년 3월-6월, 3개월) 사랑의교회 대학부 인턴 선교사

37. 이영준 (2017년 8월-2018년 2월, 6개월) 사랑의교회 대학부 인턴선교사

총 56명 선교사 동역함 (2000년부터 2015년까지)

KMCPT Attendance 2019

Month	Pine tree	Olive	Green Pasture	Cedar	Living Water	Good Tree	Hasarang	Fig tree	junifer	cpr	Lohara	Total
06-1	151	129	145	402	239	160	151	114	116	102		1709
13-1	149	130	160	423	237	161	158	120	117	91		1746
20-1	148	134	120	341	226	154	164	143	118	93		1641
27-1	147	140	129	302	227	167	171	136	117	90		1626
03-2	145	167	121	329	228	154	150	110	124	99		1627
10-2	147	144	109	312	247	147	151	123	117	111		1608
17-2	149	141	118	327	223	151	154	115	123	100		1601
24-2	160	136	116	314	230	163	156	527	127	83		2012
03-3	144	117	197	250	216	149	159	143	130	101		1606
10-3	148	128	193	252	199	241	165	175	134	98		1733
17-3	148	155	188	290	202	164	168	126	136	111		1688
24-3	156	132	205	287	180	261	169	164	137	93		1784
31-3	148	133	219	231	193	156	180	92	127	86		1565
07-4	142	107	189	260	176	106	138	69	105	80		1372
14-4	146	113	203	278	183	103	140	80	102	75		1423
21-4	158	111	344	292	179	100	142	83	103	68		1580
28-4	147	94	185	268	161	110	149	81	120	70		1385
05-5	144	99	146	190	209	118	161	76	93	77		1313
12-5	148	96	169	195	218	105	179	78	96	74		1358
19-5	148	93	127	199	220	110	183	82	121	67		1350
26-5	156	87	121	210	199	111	188	79	128	65		1344
02-6	143	109	106	196	226	105	159	76	112	83	35	1350
09-6	148	114	110	202	223	95	162	89	110	81	40	1374
16-6	145	97	106	211	209	112	167	85	120	82	41	1375
23-6	154	96	121	226	213	103	171	89	103	71	50	1397
30-6	147	106	125	229	210	111	180	96	105	76	125	1510
07-7	146	121	107	245	234	153	138	110	102	84	110	1550
14-7	162	104	141	231	235	145	145	129	108	82	116	1598
21-7	145	110	150	246	226	163	146	118	109	76	124	1613
28-7	154	121	237	230	223	155	151	109	120	80	129	1709
04-8	150	107	114	225	338	226	156	115	123	92	121	1767
11-8	156	113	136	292	327	230	158	145	129	91	117	1894
18-8	151	111	145	286	348	235	160	108	123	77	125	1869
25-8	152	94	115	280	328	241	173	105	120	94	127	1829
01-9	148	113	134	276	104	241	150	104	158	85	122	1635
08-9	158	115	123	298	318	242	159	105	154	88	129	1889
15-9	154	105	144	283	324	245	164	104	156	88	130	1897
22-9	150	111	133	249	304	254	163	110	162	76	133	1845
29-9	148	97	155	240	314	249	171	150	155	76	135	1890
06-10	147	94	170	245	316	236	156	105	157	80	121	1827
13-cot	167	109	223	289	313	256	159	103	168	81	128	1996
20-10	145	100	162	292	318	246	162	99	160	87	126	1897
27-10	140	105	127	305	310	254	161	107	161	86	138	1894
03-11	152	117	157	258	325	240	216	116	160	91	130	1962
10-11	160	126	184	269	326	251	221	102	158	95	141	2033
17-11	153	124	136	292	308	236	220	104	159	90	153	1975
24-11	152	123	146	310	323	253	221	102	120	84	142	1976
01-12	154	107	138	481	325	215	197	121	117	101	123	2079
08-12	163	120	137	476	326	228	200	106	121	98	115	2090
15-12	161	112	144	440	334	236	199	121	146	94	129	2116
22-12	172	123	266	436	321	243	204	120	134	84	140	2243
25-12	250	650	150	160	402	252	410	365	200	250	50	3139
29-12	171	93	146	489	334	255	208	108	138	75	142	2159
Total	8127	6633	8192	15139	13677	9797	9183	6442	6859	4712	3687	92448
Average	153.3	125.2	154.6	285.6	258.1	215.0	173.3	121.5	129.4	88.9	115.2	1704.9
Last year Average	145.3	123.5	178.1	278.1	210.7	170.9	168.1	116.2	109.3	58.6	0.0	1558.8
%	6%	1%	-13%	3%	22%	26%	3%	5%	18%	52%		9%
	Pine tree	Olive	Green Pasture	Cedar	Living Water	Good Tree	Hasarang	Fig tree	junifer	cpr		
	잣나무	올리브	푸른목장	백향목	생명수	좋은나무	하사랑	무화과	로뎀	황양목	로호라	

인도 선교가 우리를 부른다!

| 이 책을 쓰면서 지나온 시간을 정리해 보니 앞으로 가야 할 용기가 생기는 것 같다.

이 책을 쓰게 된 동기는 1989년 선교를 같이 시작했던 책 쓰기 코칭 전문 작가이자 목사인 박성배 박사의 권유로 시작되었다. 아직 책을 쓰기에는 미숙한 선교를 하고 있다는 생각에서 계속 만류하던 차였지만 33년이라는 숫자가 뭔가 정리를 해야 할 시기가 되었다는 생각이 들었다. 인도 교회가 활발하게 성장하고 베트남 선교까지 진출한 상황에서 코로나가 터지고 앞으로 가야 할 방향을 정리할 필요가 생긴 것이다.

앞을 보기 위해서는 뒤를 돌아볼 필요가 있다. 이 책을 쓰면서 지나온 시간을 정리해 보니 앞으로 가야 할 용기가 생기는 것 같다. 바로 '이 삶을 계속 믿음으로 살아드리는 것'이란 용기다. 순종의 자리에 갔을 때 나에게 성령을 통해 말씀해 주신 하나님을 다시 신뢰하는 것이다. 나의 수많은 실패와 허물을 아시고도 지금까지 이 길을 갈 수 있도록 허락하신 주님께 모든 영광을 돌리고 싶다.

| 내가 이 길을 갈 수 있도록 하나님께서 선물로 보내주신 많은 사람이 있다.

첫째는 사랑하는 아내 박원선이다. 한 번도 선교지에서 힘들다고 말한 적 없는 신실한 동역자이다. 항상 밝은 얼굴로 격려해 주고 내조해 주었다. 평소에 이런 말을 하지 않기 때문에 지면을 이용해 고맙다고 말하고 싶다. 사랑하는 아들과 딸에게도 고맙다고 말하고 싶다. 선교사 자녀(PK)라는 영적 부담을 안고 살았지만 참으로 착하고 예쁘게 자라주었다. 이들이 살아갈 세상이 만만치 않아 보이기에 아버지로서 마음이 짠하다.

| 그리고 인도에 와서 함께 동역해 준 모든 Ex-KMCPT 멤버들이 선물이다.

여러분들이 수고하고 뿌린 기도와 눈물이 교회 곳곳에 스며져 있다. 파송 교회 사직동교회와 한국 오·엠 국제 선교회도 큰 선물이다. 22년 이상 후원해 준 사랑의교회와 소망교회를 비롯한 후원교회들과 개인 후원자들도 큰 선물이다. 처음부터 지금까지 신실하게 재정을 관리해 주신 유상문 장로님과 문서 관리자 김영진 동서 부부와 영선이, 그리고 허경선 집사도 이 길을 함께 한 하나님의 선물이다. 모두에게 감사드린다.

특별히 인도 교회 개척을 위해 긴밀히 동역해 주신 사랑의교회 인도 의료팀과 '요 3:16' 전도법으로 전도에 도전을 주신 곽명옥 선교사님, 그리고 단기 팀으로 방문해 주신 사랑의교회, 소망교회, 사직동교회 등 많은 청년께 감사드린다. 진광엔지니어링, 조정숙 권사님을 비롯한 후원자들에게 주님의 상급이 넘치시길 빈다.

황무지에서 자라난 나무

마지막으로 항상 따뜻하게 맞아주시고 동생처럼 격려해 주시고 복음과 교회와 하나님 나라를 강조해 주셔서 나의 선교 방향이 흔들리지 않도록 멘토해 주신 예수소망교회 곽요셉 목사님께 깊이 감사를 드리고 싶다.

이 책을 읽는 모든 분께 주님의 평강과 은혜가 가득하길 기도드린다.

2022년 8월 김세진 선교사